W0267749

„Katzen in Venedig"

Venedig, Wien bzw. Österreich
um 1965

Wir legen diese Novelle im Jahr 2022 aus Anlass des 20. Todestages der großen begnadeten österreichischen Erzählerin neu auf.

Sie hatte im Zug nie schlafen können, sie wußte nicht, wie sie diese endlose Reise überstehen würde. Draußen flogen weiße Schneeflecken vorüber, auf steilen Hängen wie zur Mondbleiche ausgelegt. Ein kurzes Rumpeln. Mauern. Der wievielte Tunnel?

„Semmering!"

Ein einsamer Mann überquerte den Bahnsteig. Sein schmaler Koffer sah aus, als berge er nichts als Prospekte für Hotelgeschirr. Morgen früh würde er seinen Rundgang durch den Kurort antreten. Das Leben war ein Kampf.

Mit einem Seufzer trat Fräulein Poldi in ihr Abteil zurück und lehnte sich in ihre Ecke, bevor der Zug wieder anfuhr. Das zornige Getöse, mit dem er durch den langen Semmeringtunnel raste, weckte auch in ihr den Aufruhr wieder, der seit Tagen in ihr schwelte.

Sie fuhr nach Venedig. Ja, sie hatten es erreicht, die lieben Kollegen, daß sie jetzt für eine Weile vor ihr Ruhe hatten und tun konnten, was ihnen beliebte. Sie hatten es endlich erreicht, daß selbst der Chef, der sich doch zehnmal am Tag bei ihr Auskunft über seinen eigenen Betrieb holen mußte, mit Redensarten wie „ehrlich überarbeitet" und „längst fälligem Urlaub" und so weiter daherkam. Sechs Jahre lang hatte er es kaum bemerkt, daß sie auf ihren Urlaub verzichtet hatte. Krankheitsfälle unter den Angestellten, Krisen im Betrieb, eine Glückssträhne von größeren Aufträgen . . . Und schließlich hatte sie das Urlaubsgeld brauchen können, als Mutter zu kränkeln anfing.

Sie tastete nach ihrem Taschentuch und fand es im Ärmel, nicht im Ärmelschoner, sondern hinter der Manschette einer neuen, schwarzweiß gestreiften Hemdbluse. Du lieber Gott, wie hätte die Mutter sich gefreut, mit ihr nach Venedig zu fahren!

Sie waren über die Wachau nie hinausgekommen. Warum eigentlich nicht? Die ängstliche Bescheidenheit der Mutter, in langen Witwenjahren zu einer fast stolzen Weltanschauung aufgebaut, hatte auch dem Leben der Tochter ihren Stempel aufgedrückt. Man verschwendete eben keine Träume, geschweige denn Zeit und Geld an lächerliche, unpassende Wünsche. Die Gräfinnen, deren Forste der Großvater einst gehegt hatte, waren höchstens einmal im Leben auf eine größere Reise gegangen. Die Frühlingsfahrt auf die steirische Burg, die herbstliche Heimkehr ins Wiener Palais hatten ihnen als Abwechslung genügt. Schließlich kamen tausende von amerikanischen Millionären und anderen Ausländern um die halbe Welt dahergereist, um das zu sehen, was quasi gratis vor der Haustür der beiden Rexeisen-Damen ausgebreitet lag. Es wäre doch eine Bettelhoffart gewesen, die endlich wohlgeordnete, ausgeglichene Behaglichkeit ihres kleinen Daseins durch allerlei Einschränkungen durcheinanderzubringen, deren Lohn in Reisefieber, Devisenschwierigkeiten, Seekrankheit und entrissenen Handtaschen bestanden hätte.

Venedig freilich –.

In früheren Jahren, als Fräulein Poldi noch ihre Träume gehabt hatte, waren sie abends manchmal über einem venezianischen Bilderbuch gesessen. In des Vaters zarter, steiler Schrift stand auf dem Vorsatzblatt zu lesen: „Meiner innigst geliebten Adele als Vorschuß und Vorbereitung auf unsere verspätete Hochzeitsreise.”

Diese hatte nie stattgefunden. Der junge Gerichtsbeamte war 1916 eingerückt und hatte aus den Karpathenwintern die Tuberkulose mitgebracht. 1925 war er daran gestorben. Für Poldi existierte er nur in einem schön gerahmten Foto auf der Kommode, das an einigen geheimnisvollen, fast mystischen Daten des Jahres mit Blumen und Kerzen verehrt wurde.

„Leoben!"

Sie hatte wieder das Gefühl, ihre Mutter kränke sich darüber, daß sie jetzt allein auf der Fahrt nach Venedig war. Seit sie vor drei Jahren Leiterin der Abteilung für Geschirr und Küchengeräte geworden war, hätten sie sich eine solche Reise wirklich leisten können. Man hatte sogar in einem Anfall von Übermut einige Winterabende lang Hotelprospekte von Grado, Abbazia und Abano durchgeblättert, doch als der Sommer kam, meinte die Mutter, sie wäre zum Reisen zu müde.

Da war es zu spät gewesen.

Fräulein Poldi schloß die Augen, bevor die Tränen rinnen konnten. Zu spät. Auch für sie. Anstatt mit der Mutter, deren kindliche Freude an allem Schönen und Neuen die ihre noch gesteigert hätte, fuhr sie allein mit ihrer Bitterkeit.

Sie hätte ihnen nicht die Freude machen sollen. Sie hätte bis zu ihrem günstigsten Urlaubstermin, dem Spätsommer, warten sollen, und vielleicht hätte sie sich auch heuer den Urlaub auszahlen lassen. Der Grabstein für die Mutter –.

Aber es war einfach zuviel zusammengekommen. Ärger und Szenen im Büro mit diesen gedankenlosen, desinteressierten, aufgeputzten Dingern; die schlechte Laune des Chefs, der einfach vergaß, was sie für den Aufbau der Firma geleistet hatte. Fehler, die ihr tatsächlich unterlaufen waren.

Die kalte Leere der Wohnung. Die schmerzlichen Erinnerungen an die letzten Leidenswochen der Mutter. Das Fehlen des einzigen Menschen, der ihr nahegestanden hatte. Kopf- und Magenschmerzen. Nasse Augen und zittrige Hände bei den unpassendsten Gelegenheiten. Und schließlich der Brief einer seit zehn Jahren verschollenen Kusine, die ihre gute Tante Adele anflehte, doch ihre Wohnung in Venedig zu hüten. Sie müsse ihren Mann nach Calabrien begleiten, wo er beim Aufbau einer Industrie mitarbeiten solle. Es gäbe sonst niemanden in der spärlichen Verwandtschaft, an den sie sich mit dieser Bitte wenden könnte. Sie wäre überzeugt, daß Tante Adele mit ihrem wunderbaren Sinn für Kunst und Romantik sich in ihrer hübschen Wohnung wohlfühlen und diese Wochen genießen würde.

Und Poldi hatte, nach einem besonders empörenden Vorfall im Büro, zurückgeschrieben. Sie hatte zu einer Todesanzeige ihrer Mutter einen Zettel gelegt, auf dem sie ihre Ankunft für den 20. Februar ankündigte. Überstürzt. Unüberlegt.

Doch es war geschehen. Bevor sie noch eine plausible Ausrede für eine Absage gefunden hatte, war ein überschwenglicher Dankesbrief eingegangen, gefolgt von einem Schächtelchen, in dem ein ziemlich handfester Schlüsselbund rasselte.

Der Chef war ehrlich überrascht. Aber er meinte, der Betrieb würde sich gerade zu dieser Jahreszeit leichter ohne sie behelfen können als zu einer anderen. (Inzwischen hatte er diese Ansicht wohl schon revidieren müssen.) Die Kollegenschaft war in überschwengliche Begeisterung ausgebrochen. Venedig! Welch ein Traum! Was für ein Erlebnis! So viel Kunst! So viel Romantik! Nie, nein, nie dürfe sie sich so eine Gelegenheit entgehen lassen. Sie müsse ihnen Ansichtskarten schicken, ein paar dieser süßen kleinen Glastierchen mitbringen – oh, ach, oh, wie sie die Glückliche beneideten!

Fräulein Poldi hörte den falschen Ton heraus. Sie taten eben ihr Möglichstes, um sie in ihrem Entschluß zu stärken. Beinahe hätte sie, ihnen zum Trotz, den Schlüsselbund per Luftpost zurückgeschickt. Nur der alte Buchhalter Rader hatte glaubwürdig geraunzt: „Na ja, Fräulein Poldi, Sie ersparen sich ein paar Wochen Winter. I, wann i könnt, i tät lieber heut' wie morgen da abschließen. Die Firma is nimmer das, was sie einmal war."

Das war sie tatsächlich nimmer. Sie hatte sich aufs Dreifache vergrößert. Aus der soliden finsteren Eisenwarenhandlung des alten F. S. Komarek war ein toller bunter Betrieb geworden, und – Gott wußte es, wenn auch der Chef es vergessen hatte, – sie, das unbeliebte, scheinbar überflüssig gewordene Fräulein Poldi, hatte ihren redlichen Anteil zu diesem Aufstieg beigesteuert.

Wie sich wohl die Weinzierl zurechtfand? Mit blonden Locken, zu engen Pullis und ihrer übertriebenen Wiener Molligkeit war noch nichts getan. Wenn Fräulein Poldi nach Ostern wiederkam, waren die Locken der Weinzierl wahrscheinlich nachgedunkelt, ihre Kurven entschärft.

Die Bestellungen auf Hotelgeschirr mußten vervollständigt werden. Die Vertreter würden Augen machen, wenn eine andere mit ihnen verhandeln sollte. Sie würden es leicht haben mit der Weinzierl.

Wieder spürte sie die Beunruhigung eines schlechten Gewissens. Sie hätte doch ein paar Winke hinterlassen sollen. Aber schließlich hatten sie sich alle wirklich nicht so benommen, daß sie sich jetzt

Gedanken machen müßte.

Sie wollte lieber an Venedig denken. An die Bilder im alten Album, die Tauben am Markusplatz, an die Gondeln. „Komm in die Gondel, mein Liebchen, so steige doch ein!" Wie schön hatte das doch der Piccaver gesungen! Oder war das schon der Kment gewesen – oder der Minich? Schmelzend . . .

„Klagenfurt!"

Sie hatte wahrhaftig geschlafen. Schifahrer stiegen ein und füllten das Abteil mit Gelächter und Morgenfrische. Sie barg das Gesicht in den Mantel und versuchte weiterzudösen. Und plötzlich war in Villach das Abteil wieder leer, aber sie konnte nicht mehr weiterschlafen, sie mußte nachsehen, ob sie auch ihren Paß griffbereit hatte. Sie hatte ihn. Auch die Kofferschlüssel für die Zollkontrolle.

Sie brauchte sie nicht. Die Finanzer murmelten ein paar Worte, hoben zwei Finger an die Mütze, und ehe sie sich von der leisen Aufregung und der Enttäuschung über diese achtlose Prüfung ihrer Untadeligkeit erholt hatte, rollte der Zug aus Tarvisio hinaus ins ungewisse Neue, ins Ausland.

Seit in der Firma Komarek venezianisches Glas und süditalienische Keramik geführt wurden, hatte Fräulein Poldi mehrere Italienisch-Kurse für Fortgeschrittene besucht und war also durchaus imstande, mit den Geschäftspartnern in Murano und Salerno zu korrespondieren. Welche Sprache aber der Gondoliere, dem sie sich und ihr neues Gepäck anvertraute, auf sie hinredete, konnte sie nicht enträtseln. Immerhin konnte er lesen. „Ah, Santa Maria del Giglio!" rief er erleuchtet aus, als sie ihm den Zettel mit der Adresse vor die Augen hielt.

Dann glitt sie den Canal Grande hinab, vorbei

an der Ca'd'Oro, der Rialtobrücke, an den stummen Palästen, die sie wie Bilder aus alten Träumen grüßten. Aber sie war zu müde, todmüde, um ihren Einzug in Venedig zu erleben. Erst als sie vom sonneflimmernden Canale in eine grünlich durchschattete Schlucht hineinglitten und unter einem hellen Brückenbogen in einer etwas freieren Region wieder auftauchten, wurde sie wach und ängstlich zugleich.

Sie hielten an einigen glitschigen Stufen. Der Gondoliere stellte ihren Koffer auf den schmalen Pflasterstreifen zwischen dem Wasser und der verwitterten Häuserreihe und wies auf die unauffällige, vierstellige Hausnummer über einer schmalen Eingangstür. Sie war sauber lackiert und mit blinkendem Messing beschlagen, sonst hätte Poldi geglaubt, sie wäre in ein obskures Viertel geraten. Die dicke alte Frau, die auf der Schwelle der benachbarten Türe saß, sah ziemlich verstaubt aus in ihren schwarzen Armeleutekleidern.

Sie beobachtete eine kleine Weile, wie die blasse Fremde mit zittrigen Fingern die Schlüssel probierte, und rief dann über die Schulter zurück: „Tiburzio!"

Ein magerer Halbwüchsiger schlängelte sich zwischen Türstock und Nonna hervor und erfaßte sofort die Situation. Im Nu hatte er den richtigen Schlüssel zwischen den Fingern und das Tor öffnete sich in eine kleine düstere Halle. „Zum Ingeniere Corrado? "

Fräulein Poldi konnte nur nicken. Aus irgendeinem Grunde war sie den Tränen nahe. Der Atem verging ihr, während sie dem Burschen über die Treppe folgte, die immer schmäler, immer hochstufiger wurde und sich in ganz merkwürdigen Richtungen fortsetzte, um an dunklen Türen vorbeizuführen. Endlich stieß sie auf eine, die nicht viel besser als eine Dachbodentüre aussah.

Tiburzio mußte drei Schlösser öffnen, ehe sie sich rührte und ein melodisches Geklingel auslöste. Dann ließ er Licht aufflammen, und Fräulein Poldi trat in einen schmalen, gebogenen Gang, von dem aus sie durch einen blauen Samtvorhang in ein halbrundes Zimmer kam. Sonne brach durch die Latten vor einer abgedeckten Glaswand und fingerte nach einem Sofa. Fräulein Poldi ließ ihre Tasche auf den Teppich und sich selbst in einen tiefen Sessel fallen. Mit taktvoller Eile stellte Tiburzio die beiden Koffer an die Wand und entwich.

Nach alter Gewohnheit erwachte sie um halb sieben Uhr und wollte pflichtbewußt und diszipliniert aus dem Bett springen, aber ein fremdartiger süßer Singsang kam von einem nahen Glockenturm, ein leises Geplätscher unter dem Fenster machte ihr klar, daß es heute keine Pflichten gab. Sie war in Venedig. Urlaub.

Sie lehnte sich in die Kissen zurück. Sie schaute sich im kleinen Gästezimmer um, dessen verspielte, fast zärtliche Eleganz ihr etwas kitschig vorkam. Auf dem durchsichtigen Vorhang flimmerte der Widerschein des Wassers. Ihre beiden Koffer standen halb ausgepackt mitten auf dem Teppich. Was für eine Schlamperei! Sie mußte . . .

Aber sie konnte nicht – auch jetzt nicht, nachdem sie doch einigermaßen gut geschlafen hatte. Sie lauschte auf das Glockenspiel, das nun aus einer anderen Richtung kam, auf ein Ruderklatschen, die unbekümmerten Stimmen, die raschen Schritte. Aber alles zog an ihr vorüber wie in einer kaum noch wahrnehmbaren Ferne.

Wie unglücklich war sie doch, wie müde, wie verstoßen! Sie hatte einen langen Tag vor sich, an dem sie tun konnte, was sie wollte. Sie konnte schlafen oder träumen zwischen diesen zart getönten Bettüchern. Aber es gab nichts, an das sie mit Freude denken konnte.

Die sechs Wochen, die vor ihr lagen, schienen ihr abscheulich. Einsamkeit, Fremde, Unbehagen. Die Erinnerungen an das letzte Jahr. Lieber nicht daran denken! Und was kam nach Ostern? Wieder ein ödes, langes Jahr, und viele Jahre voll unbedankter Arbeit, Gehässigkeiten, Verdächtigungen, Abneigung. Einsame Spaziergänge, Abendandachten in einer Kirche, die ein bitteres Gefühl des Vorwurfs gegen Gott wachriefen. Sonntagnachmittage auf dem Friedhof. Ein Theaterbesuch in so bescheidener Kleidung, daß man während der Pause besser auf seinem Platz blieb.

Liegenbleiben. Niemand brauchte sie heute, keine Arbeit wartete auf sie. Dahindämmern, schlafen, erwachen, gar nichts denken – weiterschlafen. Träumen – was war da nur? Etwas Trauriges. Ihre Wangen waren naß von Tränen.

Sie wischte mit einem Bettuchzipfel hastig über ihr Gesicht. Tränen waren ein Luxus. Den konnten sich Menschen leisten, die sicher waren, daß sie getröstet wurden. Für die anderen, die Alleinstehenden, waren sie eine Demütigung. Frauen wie sie mußten stark sein und durften keine Schwäche zeigen.

Sie wußte das nur zu gut. Trotzdem drängten sich die Tränen weiterhin zwischen ihren Fingern hervor, und sie spürte plötzlich jene Angst, die sie in letzter Zeit manchmal überfallen hatte: Wenn sie sich jetzt nachgab – wenn sie schwach wurde, dann würde sie nie wieder aufhören können zu weinen.

Da war es denn doch besser, die Decke zurückzuschlagen, den neuen Morgenrock aus dem Koffer zu ziehen und in die Küche zu gehen. Sie fand Tee und Butter, Zucker und Eier und ein langes dünnes Weißbrot, und sie aß auf dem kleinen buntbespannten Tischchen unter der hohen Fensterluke. Die enge Küche schien nicht der Lieblingsaufenthalt der Signora Corrado zu sein. Das Bad aber war geradezu neckisch ausstaffiert. Auf dem Spiegel stand mit Lippenstift geschrieben: „Bitte, nimm von allem! Baci!"

Sie nahm natürlich nichts. Sie hatte alles was sie brauchte, in ihrem waschbaren Leinensäckchen.

Erst gegen Abend kam ihr der Gedanke, daß sie sich doch in der nächsten Umgebung nach einigen kleinen Geschäften umschauen sollte. Als sie vors Haus trat, glänzte es schon rötlich auf dem Wasser und die weiße Brücke am Ende ihrer Gasse leuchtete golden. Es sah wirklich hübsch aus. Aber die beiden schäbigen Katzen, die dort auf den Stufen saßen, waren alles eher als schön. Die eine gelb, die andere grau getigert, schrien sie sich über einem armseligen Fischgerippe ihre Gehässigkeiten in die zurückgelegten Ohren. Auf der Höhe des Brückenbogens hockte ein schwächliches, halbwüchsiges Kätzchen und hoffte vielleicht, daß bei dem Streit der Großen ein Stückchen Fischschwanz in seine Nähe fliegen könnte.

Natürlich, diese haus- und herrenlosen Katzen in Italien! Arme Kreaturen – man sollte sie besser vertilgen. Sie erinnerte sich: In Venedig wurden sie geduldet wegen der Rattenplage, die früher so oft Pest und Cholera verbreitet hatte. Aber man sollte doch vom Magistrat aus etwas für sie tun! In Wien war man tierfreundlich, da war jedes Viecherl versorgt.

Sie wandte sich von diesem degoutanten Schauspiel ab und bog in eine schmale Gasse ein. Hier gab es alle kleinen Läden, die sie brauchte. Wie bequem! Und draußen ein schöner großer Platz, Campo S. Stefano. Leute flanierten umher, zwischen Blumen, Obst, Tauben. Und natürlich Katzen. Sie kaufte ein, trat in eine Kirche, mißbilligte einige Liebespaare, die innig umschlungen an andere Spaziergänger stießen.

Es war jedoch zu spät, um noch zum Markusplatz oder zum Rialto zu gehen. Durch eine bläuliche Dämmerung schlenderte sie nach Hause. Die Katzen saßen jetzt friedlich in einem Tordurchgang. Und es war doch interessant und merkwürdig, wie sie von weitem das gute Herz witterten, das unter Poldis dunklem Mantel schlug. (Oder war es das verheißungsvolle Einkaufsnetz?) Jedenfalls strichen sie langsam näher und standen dann an Poldis Weg, stumm, mit gierig aufgerissenen Augen. Nur das kleine Kätzchen ließ ein zartes, trauriges Piepsen hören.

Poldi blieb stehen und holte aus ihrer Tasche einen Bissen Wurst. Der gelbe Kater stürzte sich darauf und sprang damit hinter ein Fenstergitter. Das schwarzweiße Kätzchen mußte etwas Zartes bekommen. Ein bißchen Faschiertes war wohl ein Himmelsgeschenk für das arme Tierchen! Die Graue hätte sich natürlich gekränkt, wenn sie leer ausgegangen wäre. Sie stand verdrossen abseits und scheute hysterisch, als Poldi ihr ein Stück Wurst hinwarf. Es bedurfte einiger Überredungskünste, bis sie sich ihren Leckerbissen holte. Doch siehe, um das schmausende Katzenjunge saßen jetzt drei andere und schauten zu, wie es sich herausfordernd das Mäulchen leckte! Einen Bissen für Jedes, aber dann war es genug! Sie hatte nicht mit solchen Kostgängern gerechnet.

Erst am nächsten Vormittag betrat sie die große quadratische Dachterrasse, die vor der Fensterwand des halbrunden Salons eine Ecke des Hauses einnahm. Die fast kahlen Stauden in Kübeln und Kästen, die entlang eines nicht sehr sicher aussehenden Geländers aufgereiht waren, sahen mehr verdurstet als winterlich aus. Sie holte lauwarmes Wasser und begoß sie reichlich. Drunten, vier Stockwerke tiefer, blinkte der dunkle Rio. Zwischen zwei Torbogen hob sich eine Brücke darüber. Im steinernen Rahmen lehnte ein Knabe, anmutig wie ein Bild in seinem roten Pullover, mit dem bräunlich blassen Gesicht, den schwarzen Locken. Gelangweilt schnippte er kleine Papierkugeln auf das Wasser. Und auf einmal empfand Fräulein Poldi den außerordentlichen Zauber dieses Augenblicks.

Sie wußte nicht, was es war – ja, es war nichts und es geschah nichts. Aber wie sie da in der Vormittagssonne mit der Gießkanne in der Hand auf der Terrasse stand und durch die streifigen Schatten auf das schöne Kind hinunterblickte, ging eine Welle über ihr Herz hinweg. Sie fühlte sich als ein Teil einer anderen, einer traumhaften Welt.

Aber so etwas dauert natürlich nicht lang. Die graue Katze tauchte auf der Höhe der Brücke auf und der Knabe erwachte blitzschnell aus seiner Schläfrigkeit. Eine Papierkugel traf die magere Flanke der Katze. Wie ein Strich floh sie in einem Sprung über die Brücke zurück. Ihr Junges, das ihr gefolgt war, lief zu langsam. „Laß es!" schrie Poldi.

Aber der boshafte Bengel hob nur flüchtig das Gesicht zu ihr. Seine weißen Zähne blitzten auf, dann bückte er sich und hob das strampelnde Tierchen am Genick in die Höhe. Noch einmal blickte er zu Poldi herauf, die ihre Faust schüttelte, und reckte sich dann weit über das Geländer, um das Kätzchen in ein tiefes Fensterloch außerhalb der Brücke zu setzen. Im nächsten Augenblick war er verschwunden.

Hellauf empört ließ sie die Kanne fallen und eilte über die Stiegen hinab. Schnell fand sie den Durchgang zur Brücke und sah das arme Tier an seinem gefährlichen Platze hocken, trippelnd und klagend und immer wieder zum Sprung ansetzend. Es kostete Poldi einige Mühe, es sicher zu fassen und zu beruhigen. Seine Mutter saß plötzlich zu ihren Füßen und starrte sie unverwandt an. Vom Unhold war keine Spur zu sehen.

Dies schmerzte Fräulein Poldi, denn die Empörung staute sich in ihrer Brust so stark, daß sie das Kätzchen unsanft neben seine Mutter setzte. Da mußte etwas geschehen! Sie würde diesem Lausbuben schon noch einmal begegnen! Überhaupt – gehörte er um diese Zeit nicht in die Schule? Vermutlich Verwahrlosung. Unmögliche häusliche Zustände.

Atemlos erreichte sie die Mansarde und merkte erst jetzt, daß die schwere Tür offen stand. Wie hatte ihr dies passieren können! Von jetzt ab, bei solcher Nachbarschaft, mußte man sich besser vorsehen. Nicht umsonst hatte Kusine Renate ihre Wohnung nicht leerstehen lassen wollen.

Sie hatte vorgehabt, zum Markusplatz zu spazieren und sich in wehmütigen Erinnerungen an ihre Mutter und ihre verflossenen Jugendträume zu ergehen. Jetzt eilte sie nur in das nächste Geschäft und kaufte drei Plastikschüsselchen, ein tiefes für Milch, ein weites für Speisereste, und ein flaches für Fleisch. So lange sie in Venedig weilte, sollten die armen Geschöpfe es gut haben. Und vielleicht fand sich jemand, der, von den bunten Schüsselchen angelockt, ihr Beispiel nachahmte und weiterpflegte, wenn sie nicht mehr in Venedig war.

Im engen dunklen Durchgang zur Brücke, an deren anderem Ende der Knabe gestanden war, fand sie einen langen stufenartigen Marmorblock an der verwitterten Wand. Dort bereitete sie die Katzentafel. Aber keiner ihrer Kostgänger wagte sich an diese unwahrscheinliche Schicksalsgunst heran. Nur die dicke Nonna von nebenan schaute ihr vom Torbogen aus zu und lächelte undurchdringlich.

„Come sta, Signora? " fragte sie, als Poldi an ihr vorüber eilte. Und statt einer Antwort grüßte auch diese: „Come sta? "

„Benissimo!" rief die Alte. „Stellen Sie sich vor, Tiburzio hat eine Arbeit im Albergo Tre Trotte gefunden. Die Fremden rücken schon an. Sie haben ihm Glück gebracht, Signora."

„Freut mich", sagte Poldi kurz. Doch dann besann sie sich und öffnete ihre Handtasche. „Ich bin ihm noch etwas schuldig fürs Koffer tragen."

„Aber, aber Signora! Diese Kleinigkeit! Der Junge macht diese vier Stockwerke doch zum Vergnügen. Und was sind schon drei Koffer für ihn! Er ist stark wie ein Ochse, trotzdem er Tag für Tag nichts anderes in der Schüssel sieht als meine Minestra."

Vier Stockwerke mal drei Koffer a hundert Lire – also zwölfhundert Lire. Ein bißchen viel, aber schließlich war sie über die Hilfe recht froh gewesen.

„Verdient ist verdient", sprach sie trocken und steckte das Geld in die Tasche der schwarzen Schürze.

„Grazie, grazie! Tiburzio wird Ihnen gerne stets zu Diensten sein. Sagen Sie es mir, wenn Sie irgend etwas brauchen. Er ist geschickt, der Faulpelz."

Vor der Türe der Alten saß auf einem schiefen Kinderstühlchen ein blasses Mädchen und hielt das Gesicht in die Sonne als ob es schliefe. Fräulein Poldi fand es nicht in Ordnung, daß es jetzt, um elf Uhr vormittag, in einem grell geblumten Morgenrock am Wege saß. Aber sie ging vorbei und hörte noch, wie die Nonna sagte: „Lauf, lauf, Simonetta!" Und wenn sie sich nicht täuschte, verstand sie noch etwas von Spaghetti und Vino.

Das ging sie nichts an. Doch es gelang ihr nicht, jene stille, erinnerungsschwere Wehmut heraufzubeschwören, die sich für diesen einsamen Spaziergang durch Venedig geziemt hätte. Sie fand den Markusplatz und dachte: „Zu spät – allein." Sie sah die bunten Läden und grämte sich, daß sie aus ihrer Geschirrabteilung so schnöde fortgeschickt worden war. Reizende, elegante Dinge wollten sie verführen, und sie trotzte: „Was solls? Für mich –? "

Ja, so hatte sie sich ihre Begegnung mit Venedig vorgestellt, und sie hielt sich daran. Aber sie war zerstreut, fast als wäre sie beim Beten oder Rechnen abgelenkt durch Gedanken an dumme belanglose Dinge. Es gab hier einfach zu viele Katzen und freche Buben, und in dem breiten Becken vor der Majestät der Salute flimmerten Wasser und Luft wie ein Zauberspiel, das sie verwirrte und deshalb ein wenig ärgerte. Sie begann den Markusplatz zu umschreiten, eilig, als hätte sie etwas zu besorgen. Zweimal, dreimal kam sie am Campanile vorüber.

Sie hatte sich vorgenommen, irgendwo eine Kleinigkeit zu essen und erst am Abend nach Hause zu gehen. Aber sie fühlte sich den tausend Herrlichkeiten Venedigs gegenüber fast ratlos und konnte sich nicht entschließen, wohin sie gehen sollte. Sie mußte sich einen Führer kaufen.

Schließlich saß sie ziemlich einsam an einem der vielen Tischchen vor dem Cafe Florian und bestellte sich Kaffee und Brioches. Die Sonne wärmte schon recht schön. Es war ziemlich still, nur die Flügelschläge der Tauben stoben immer wieder auf wie das sanfte Geknatter von Kastagnetten oder ein rauschender Applaus.

Vielleicht war es Müdigkeit, die Luftveränderung oder einfach der Umstand, nirgendwo notwendig zu sein, daß ein traumhaftes Gefühl der Entrückung über Fräulein Poldi kam. In sich zusammengesunken saß sie in der Sonne und schaute den Leuten nach, die es alle nicht eilig hatten. Schließlich konnte sie die Blicke nicht mehr von der Fassade des Markusdomes lösen, die ihr schon so lange vertraut war. Sie vergaß, wie schlecht und undankbar die Menschen waren, und erwachte erst zur wirklichen Welt, als es ans Zahlen ging. Der Preis für eine Tasse Caffeelatte und zwei Brioches war entschieden zu hoch.

Es dämmerte schon als sie nach Hause zurückkehrte. Sie aß eine Kleinigkeit und brachte dann den armen Katzen etwas hinunter. Diesmal kamen sie schon vertraut aus ihren Schlupfwinkeln hervor und schleckten vor ihren Augen die Schüsselchen leer. Dann trat sie aus dem finsteren Durchgang in die Gasse hinaus, wo die Laternen sich im schmalen Wasser spiegelten. Die Nonna wirtschaftete und schalt hinter der offenen Tür. Poldi sah, daß der ebenerdige Raum zugleich Küche und Schlafzimmer, aber recht ordentlich aufgeräumt, war. Simonetta trat heraus in einem viel zu kurzen roten Lackmantel und hohen Stiefeln. Ihr Haar bauschte sich locker um den kleinen Kopf. Nun ja, über den Geschmack ließ sich streiten, aber Poldi gefiel diese Aufmachung ganz und gar nicht.

Ein Stück weiter gegen die Brücke stand eine Gruppe von Kindern. Sie schnatterten durcheinander und hüpften am Rande des Wassers auf den schmalen Steinen dahin, was doch gewiß gefährlich war. Ein großer Junge führte das Wort mit lauter häßlicher Stimme und verhöhnte einen Kleineren, der ihm scharfe, erregte Antworten zurückgab. Den erkannte sie an seinem roten Pullover.

Da trieb er sich inmitten dieser Horde herum, am finsteren Abend, ohne Aufsicht! Sie hatte ja nichts anderes von ihm erwartet – nach dem, wie er es mit der armen kleinen Katze getrieben hatte. Aber dieser lange Lümmel sah doch ganz danach aus, als ob er mit dem Kleineren nichts Gutes vorhätte.

Sie trat auf ihn zu. „Solltest du nicht besser nach Hause gehen? "

Er wandte den Kopf und blickte sie flüchtig an, als ob sie ihn nichts anginge. Er erkannte sie wohl nicht. Aber wie schön war sein Gesicht in der Nähe, wie stolz und aufrecht seine Haltung. Er paßte einfach nicht in dieses Rudel. Sie lachten die Fremde aus. „Si, si, Claudio, du mußt nach Hause gehen, Tante ist böse – Claudio muß Fläschchen trinken!"

Er betrachtete weder den Spott noch ihren Ärger, sondern schrie den Großen wütend an: „Und ich sage dir, daß ich wirklich allein bis San Michele – allein!"

Heute eine wilde Horde, morgen eine gefährliche Bande, so war es heutzutage. Was sollte aus solchen Kindern werden, wenn sich niemand drum kümmerte, wo und mit wem sie sich umhertrieben! Ihre Sache war es nicht. Beleidigt stieg sie die steilen Treppen hinauf.

Wahrscheinlich wohnte er in dieser Gegend. Gerade fein war sie ja nicht. Diese Alte mit ihren beiden zwielichtigen Enkeln, diese unartigen Kinder. Aber einige der dunklen Flügeltüren, an denen die Stiege vorüberführte, sahen mit ihren blinkenden Beschlägen so vornehm aus, als lebten lauter hochgeborene Venezianer dahinter. Sie war auf der Treppe noch niemandem begegnet.

Ihrer Terrasse gegenüber, auf der anderen Seite des schmalen Wasserlaufes, stand eine Reihe sehr alter Häuser mit engen schmiedeeisernen Körben vor den Balkontüren. Man hätte sich fast die Hände reichen können von Haus zu Haus. Doch nie trat jemand zu den dürftigen Blumenstöcken heraus. Am Abend, wenn die Lichter angezündet wurden, schlossen sich zugleich die Jalousien und gaben keinen Blick in das Reich einer „famiglia italiana" frei. Die Venezianer schienen verschlossene, distanzierte Leute zu sein. Nur auf der Gasse waren sie zutraulich und gesprächig. Nach einigen Tagen kannte Fräulein Poldi vom Sehen verschiedene Frauen, die in den kleinen Läden einkauften, einige alte Herren, die ihre pünktlichen Spaziergänge machten, und die Kinder, die freilich für die gestrenge Fremde wenig Sympathie zeigten. Zwei zarte alte Damen hatte sie dabei angetroffen, wie sie die Reste ihrer Mahlzeit in die Katzenschüsseln schütteten. Seitdem grüßten sie sich und erkundigten sich wohl auch gegenseitig nach dem werten Befinden.

Doch hinter dem Tordurchgang, auf dem Absatz

zur Brücke, sammelten sich abends verdächtige Gestalten. Eine enge Trattoria zog Matrosen, Lederjacken und dürftiges Gesindel an. Wenn sie dort in die Tiefe spähte und durch das noch kahle Geranke der Schlinggewächse die Schirmmützen und zottigen Mähnen erblickte, nahm sie sich vor, ihrer Cousine den Rat zu geben, die Wohnung zu wechseln. Hier schien es gar nicht sicher zu sein.

An einem späten Nachmittag traf sie Claudio in der kleinen Drogheria um die Ecke. Er besorgte nach einem Einkaufszettel eine Reihe von Konservendosen, Käse, Kaffee und Zucker und legte schließlich eine Tafel Schokolade dazu. Doch sein Geld schien sehr genau ausgerechnet worden zu sein. Nach einigem Seelenkampf wegen Schokolade und einer Dose Ragout legte er die Schokolade zurück. Fräulein Poldi bezahlte sie und sagte zu ihm: „Nimm sie nur, ich schenke sie dir."

„Danke", sagte er finster. „Aber ich lasse mir von Fremden nichts schenken."

Poldi nahm ihr Waschpulver und ihr Felix und eilte verärgert davon. Das hatte sie notwendig gehabt. Dieser verwahrloste Bengel war auch noch verwöhnt.

Es tat ihr wohl, daß die Katzen auf sie warteten. Tiere sind dankbarer als Menschen. Aber schließlich brauchte sie weder Trost noch Beruhigung. Lächerlich! Sie hockte sich nieder und streute etwas Felix auf das Pflaster. Die dummen Viecherln hatten die Schüsselchen heruntergeworfen und die Milch verschüttet. Ob sie das hier, im öffentlichen Durchgang, in Ordnung bringen mußte? Vielleicht leckten sie selber . . .

„Erlauben Sie, Signora", sagte eine ungeduldige Männerstimme. Sie fuhr herum und blickte hinauf in ein leicht verärgertes, aber unleugbar interessantes Gesicht, in dem jetzt ein Ausdruck der Überraschung aufglomm. Sie hätte ihn als Kompliment deuten können, wenn ihr solche Deutungen nicht seit fünfzehn Jahren nie mehr in den Sinn gekommen wären.

„Bitte – es ist Platz genug, um vorbeizugehen."

„Ich fürchte, nein, Signora. Sie sollten sich einen anderen Platz für Ihre Fütterungsaktion suchen."

„Ich finde diesen Platz richtig."

„Abgesehen davon, daß Sie gegen die städtische Hygiene verstoßen."

Sie lachte und klopfte sich den Staub vom Mantel. „Die Stadt Venedig sollte sich um viele und wichtigere Dinge kümmern. Schauen Sie nur dort in den Kanal! Ist das Hygiene? Und warum füttert man die armen Katzen nicht, wenn man sie schon gegen die Mäuse und Ratten braucht? "

„Sie reden wie alle Fremden", begann er leicht erbittert. Doch in diesem Augenblick schepperten die Konservenbüchsen in Claudios Einkaufsnetz durch den Torbogen herein. „Papa! Du bist schon da! Ich habe alles . . ."

„Bravo, bravo, mein Junge! Komm schnell! Guten Abend, Signora." Er lüftete kurz den Hut und ging mit Claudio davon.

Poldi beugte sich über das „Felix-Katzenmenü", aber nicht tief genug, daß sie übersehen hätte, wie der Knabe mit wichtiger Miene halblaut auf seinen Vater einredete und mit dem Finger zur Terrasse hinauf zeigte, bevor sie im Haustor verschwanden.

Die beiden paßten wahrhaftig zusammen.

Eigentlich hatte er ganz anständig ausgesehen. Ordentlich angezogen, rasiert. Doch wie er sich benommen hatte! Was gab ihm das Recht, ihr etwas vorzuschreiben? „Sie sollten sich einen anderen Platz für Ihre Fütterungsaktion suchen." Frechheit. Sie einfach anzusprechen! Nicht besser als sein Sohn, dieser ungezogene, herzlose, undankbare Bengel.

Sie wohnten also da drüben, hinter einem dieser verschlossenen Fenster. Durch viele Jalousien drang Licht. Der Mond schlich eben um die Ecke und leuchtete auf Poldis Terrasse. Sie rückte ihren Stuhl in den Schatten des Oleanders. Unten vor der Trattoria lärmten die Männer. Plötzlich ein Ruf: „Babbo, komm, ich bringe die Flasche nicht auf!" Sie kannte diese Stimme schon, tief und rauh von all dem Schreien und Streiten, und doch voll verwegenem Reiz wie der finstere Blick der wilden schwarzen Augen.

Eine Antwort kam, kurz angebunden wie ein militärischer Befehl. Schräg gegenüber, in gleicher Höhe mit ihr, hörte sie es klirren. Dieser Unmensch würde doch nicht dem Zehnjährigen Wein oder Schlimmeres zu trinken geben? Gespannt spähte sie durch die Zweige. Sie sah Bewegung hinter den erleuchteten Fensterritzen, und hörte etwas wie ein trockenes Gespräch zwischen der rauhen Bubenstimme und einem irgendwie geschulten, festgehämmerten Organ, das sich wohl dieser lakonischen italienischen Redewendungen bediente, nicht unfreundlich zwar, aber doch recht bestimmt. Die Mutter des Buben hatte wohl in der Küche zu tun – oder sie hatte nicht viel zu reden.

Dann erhellte sich ein kleineres Fenster und nach einer Weile taten sich dort die Balken auf. Claudio setzte sich im Nachthemd auf die Fensterbank und schaute in den Mond. Poldi wurde es unbehaglich, denn er reckte den Hals und spähte zu ihr herüber. Er konnte sie gewiß nicht sehen. Der Oleanderbusch deckte sie. Vielleicht dachte er daran, daß dort die fremde Signora wohnte, über die er sich schon einige Male geärgert hatte.

Dann tuckerte ein kleiner Lastkahn, beladen mit Chiantiflaschen, den engen Rio herein und hielt vor der Trattoria. Claudio beugte sich gefährlich weit hinaus und stieß einen schrillen Pfiff hervor. Eine Sekunde lang erstarrte Fräulein Poldi vor Schreck und wollte rufen: „So paß doch auf!" Doch im selben Augenblick erscholl eine andere Stimme in Claudios Schlafstube, und der Knabe rutschte von der Fensterbank. Das matte Licht erlosch. Aber im Fensterrahmen erschien nun lautlos ein kaum sichtbarer Schatten, der Umriß zweier Schultern und eines Gesichts mit großen Augenhöhlen und zu hoher Stirn.

Fräulein Poldi mußte regungslos verharren, bis das Boot entladen war und seinen Weg weiter nahm. Nach einer Weile verschwand auch der stumme Schatten am Fenster gegenüber. Nun konnte auch sie aufstehen. Sie schauderte. Unten bei der Trattoria trugen Wirt und Gäste lachend und lärmend den Chianti ins Haus. War es nur Wein? Was hatte der lauernde Schatten im Fenster damit zu tun ? Und der Pfiff?

Das alles war wie eine Szene aus einem Räuberschundroman.

Aber es gab andere, ärgerliche Erlebnisse. Eine tote Maus zuoberst in ihrer gefüllten Einkaufstasche. Sie schrie nicht, sondern trug sie an der äußersten Schwanzspitze zur Katzenschüssel. Eine schwarze Locke verschwand hinter dem Torbogen. Ein lauthals geschmetterter Schlager, ihr ins Gesicht gesungen und wahrscheinlich nicht sauberer und netter als die tote Maus.

Eine flotte Kreidezeichnung auf ihrer Haustüre, einen Kater darstellend, der artig einen Zylinderhut schwenkte. „Grazie" stand darunter zu lesen. Eine entblätterte Rose an der Türklinke. Und auf der Straße Claudio, Claudio unter den Lümmeln, Claudio auf der Türstufe der Nonna.

Er schaute ihr gespannt entgegen. Doch wenn sie näher kam und ihn anfauchen wollte, wandte er sich ab, als kenne er sie nicht. Und sie, die sich vorgenommen hatte, ihm eine Ohrfeige zu versetzen, ging stumm an ihm vorbei und ihr Zorn wandelte sich in Mitleid, wenn sie seine Blicke in ihrem Rücken fühlte. Sie konnte sich nicht helfen – trotz aller seiner Untaten erschien er ihr als etwas Besonderes, und es regte sie auf, daß er hier unter diesen Strolchen verkommen sollte.

Unwillkürlich ging sie langsamer oder blieb bei der Nonna stehen, wenn sie merkte, daß er wieder einmal mit dem langen Rädelsführer in Streit geraten war. Manchmal war sie versucht, dem Großmaul Schweigen zu gebieten. Doch bei der ersten Wendung gegen das Rudel der Gassenkinder schickte ihr der Gepeinigte einen so stolzen, abweisenden Blick entgegen, daß sie verstand.

Beschämt und unruhig kam sie heim. Und hatte doch den Markusdom gesehen, die Salute, die Rialtobrücke. Aber dieses Kind ... Wie konnte sie sich so weit erniedrigen, das heißt, so lächerlich verrückt sein, daß dieser Junge ihr zum Mittelpunkt Venedigs wurde? Nein, das wäre übertrieben, aber es war genug, daß der Ärger und die Aufregung wegen seiner Unarten das große Erlebnis dieser

Reise verwischten.

So wich sie dem Geschrei, das an einem Abend wilder als sonst aufbrüllte, aus und ging hinter der Kirche S. Maria del Giglio nach Hause. Als sie in ihre Gasse herunter kam, war alles still. Unter der Laterne, wo sonst das Rudel sich versammelte, schimmerte nur der leichte Dunst aus dem Rio. Und auf der Brücke lag etwas Dunkles.

Sie kniete davor, ehe sie noch wußte, was sie tat, und hob den Kopf Claudios auf ihren Schoß. Blut rann aus den schwarzen Haaren über Stirn und Wangen. „Was haben sie dir getan? Wer hat das getan?", flüsterte sie. Doch er war halb bewußtlos und konnte keine Antwort geben.

Sie brauchte ihre ganze Kraft, um ihn aufzuheben. Die Nonna schrie nach Tiburzio, aber nur Simonetta erschien hinter ihr. „Geschieht ihm recht! Immer diese Raufereien!" zeterte die Alte. Simonetta faßte ihn unter dem anderen Arm. „Nein, nein, nicht zu seinem Vater", sagte sie hastig und stieß Poldis Haustür auf.

Mit vieler Mühe brachten sie Claudio bis in ihr Zimmer hinauf und legten ihn aufs Bett. Sie wuschen ihm das Blut vom Gesicht, das bleich, aber ohne Wunde war. Eine tiefe Schramme klaffte zwischen den dichten Haaren. Ein Ärmel war halb aus den Nähten gerissen.

Simonetta machte sich nützlich wie ein rechtes Armeleutekind, das von früh auf das Dienen gelernt hat und das wirklich Notwendige erkennt. Erst als Poldi sie bat, zum nächsten Arzt zu laufen, sagte sie etwas verlegen: „Das kann ich nicht, ich habe Eile." Poldi bemerkte nun auch, daß sie unter ihrem Lackmantel ein ausgeschnittenes buntes Fähnchen trug. Das Mädchen merkte wohl ihren mißbilligenden, erstaunten Blick, denn es zog den Gürtel fast durch seine dünne Mitte und murmelte: „Ich verkaufe Veilchen in den Gastlokalen."

„Keinen Doktor", stöhnte Claudio.

Simonetta lachte und winkte ihm im Weggehen zu. „Ecco, der harte Schädel ist noch da."

„Aber es wäre doch gut", drängte Poldi besorgt.

„Nein, keinen Doktor – sonst renn ich –"

„Aber es ist vielleicht gefährlich. Dein Vater – ist er zu Hause?"

„Nein. Und wenn Sie es meinem Vater sagen . . ."

„Sch – sch – nur ruhig, Claudio!" Erschrocken legte sie einen frischen Umschlag auf die Stirn, die nun langsam anschwoll.

„Es tut weh – was tut mir denn so weh?"

„Jemand hat dich auf den Kopf geschlagen. Wer war es?"

„Pippo – und der blöde Gianni."

„Diese – diese Gangster! Bleib liegen – nur ruhig, Claudio!"

Er faßte sie am Arm und setzte sich auf. „Meinen Rock – meinen Rock . . ."

„Du brauchst ihn jetzt nicht. Du mußt noch ein wenig rasten."

„Nein, geben Sie mir meinen Rock! Bitte! Schnell! Ich muß – ich muß . . ."

Er wurde noch um einen Schatten bleicher, so daß sie eilig den zerrissenen Rock ihm auf die Decke legte. Er tastete ihn ab, griff in die Taschen und fiel mit einem Jammerlaut zurück. Er schlug die Hände vors Gesicht und begann herzzerreißend zu weinen. Kein Trösten, kein Streicheln half. Auch Poldi liefen vor lauter Ratlosigkeit und Angst die Tränen über die Wangen. Eine solche Aufregung konnte doch unmöglich gut für ihn sein.

Endlich hörte sie aus seinem Keuchen und Jammern ein Wort heraus, das ihr einen Schauder über den Rücken jagte:

“ . . . den Revolver – Papas Revolver . . .”

„Was sagst du da? ” fragte sie so ruhig sie konnte und faßte seine Hände in einem festen Griff.

„Sie haben mir den Revolver weggenommen – und er gehört Papa!”

„Hast du ihn bei dir gehabt? Du weißt doch, daß du noch keinen Revolver tragen darfst! Weiß dein Vater davon? ”

Er schüttelte den Kopf und griff sich dann ächzend an die Stirn. „Ich wollte – ich wollte ihnen nur zeigen, daß ich – sie wollten mir nicht glauben – und jetzt – oh!”

„Hör zu, Claudio! Du mußt jetzt ganz ruhig sein. Erzähl mir alles! Ich verspreche dir, daß ich niemandem etwas sage, wenn du es nicht willst.”

„Auch Papa nicht? ”

„Auch ihm nicht.”

Seine Finger klammerten sich um ihre Hand. „Sie haben mir nicht geglaubt, daß ich den Revolver nehmen kann, sooft ich will. Daß ich schon damit geschossen habe. Ich mußte ihn ihnen zeigen. Aber dann wollten sie ihn mir wegnehmen – und wir haben gerauft – und auf einmal – war ich nicht mehr da.”

„Aber wie bist du nur zu diesem Revolver gekommen? Läßt dein Vater ihn einfach herumliegen? ”

„Nein, das nicht. Er hat ihn eingesperrt in so einem hohen Kästchen mit vielen Laden. Aber einmal habe ich es umgeworfen und da ist oben die Platte locker geworden und ich konnte sie auf einer

Seite aufheben und hineingreifen und ..."

„Da lag der Revolver drinnen."

„Und ich habe ihn heimlich oft herausgenommen und wieder hineingetan – und Papa hat nie etwas gemerkt. Einmal ist sogar ein Schuß losgegangen – nur in die Luft ..."

„Du lieber Gott!" sagte Poldi erschüttert. „Da hättest du ja was Schönes anstellen können! Aber was machen wir jetzt? Wir müssen den Revolver wiederkriegen."

„Pippo gibt ihn nie wieder her. Er hat mich schon lange darum beneidet. Aber Papa wird bestimmt bald dahinterkommen, daß die Lade leer ist. O Dio!"

„Und wenn ich mit ihm spreche? Vielleicht verzeiht er dir? "

„Nein, das dürfen Sie nicht – nie! Schwören Sie es mir, sonst springe ich in den Rio hinab!"

Sie mußte ihn festhalten. „Wenn du es nicht willst, sage ich nichts – ich sage niemandem etwas. Hörst du: Niemandem. Und jetzt – soll ich dich hinüberführen in euere Wohnung? Oder soll ich deinem Vater Nachricht geben? "

„Er kommt heute Nacht nicht nach Hause."

„Und deine Mutter? "

„Sie ist im Himmel."

So war das also. Ein Kind ohne Mutter. Der Vater wahrscheinlich ein dunkler Ehrenmann, der nachts am Fenster lauerte – oder Schmiere stand? Der nächtelang nicht nach Hause kam und Schießwaffen in seiner Wohnung versteckt hielt, fremde Frauen auf der Straße belästigte und sein Kind verwahrlosen ließ. Welche Angst doch der Kleine vor ihm hatte! Vielleicht wurde er geprügelt. Auch Simonetta hatte sich geweigert, Claudio in die

Wohnung seines Vaters zu führen. Er mußte einen üblen Ruf haben.

„Schlaf jetzt, mein armes Kind", flüsterte sie ihm zu. „Heute kannst du bei mir bleiben."

Lange lag Claudio mit offenen Augen und schaute sie unverwandt an, als forsche er in ihrem Gesicht und gewinne daraus ein friedvolles Vertrauen.

Dann fielen ihm die Lider zu. Sie saß bei ihm und wagte nicht, ihre Hand aus der seinen zu ziehen.

Am nächsten Morgen hatte sie seinen Ärmel neu eingenäht und machte nicht viele Einwendungen, als er beschloß, in die Schule zu gehen, damit der Lehrer ihm keine Scherereien machen konnte. Er begann sein Frühstück mit gutem Appetit, doch plötzlich schob er alles von sich und sagte, es stehe ihm alles bis zum Halse. Da nahm sie ihren Mantel und begleitete den Jungen bis vor seine Wohnungstüre und weiter bis zur Schule. Er ließ es sich gutwillig gefallen. Sie wartete vor seiner Klasse auf den Lehrer und bat ihn, Claudio dem Schularzt zu zeigen, da er einen schlimmen Sturz getan habe und sein Vater verreist sei.

Da half sie also dem schlimmen Buben zu lügen, anstatt die ganze Sache anzuzeigen. Das war doch eigentlich ihre Pflicht? Wenn sie in Wien in eine solche Sache hineingeraten wäre, hätte sie ohne Zweifel gewußt, was sie zu tun habe. So aber besorgte sie auf dem Heimweg allerlei für ein gutes Mittagessen, denn sie hatten ausgemacht, daß er zu ihr zum Essen käme, wenn sein Vater mittag noch nicht zu Hause sein sollte. Er kam nicht. Erst am Abend huschte er atemlos über die Treppen herauf und sagte ihr, daß der Arzt ihn für drei Tage ins Bett verdonnert habe, daß aber der Vater über die Schramme nicht gerade sehr böse gewesen wäre. Man sah auf der Stirn nicht viel davon. Er aß von ihrem Kuchen, während er forteilte, und schaute zu ihr herauf, bevor er unten ins Haustor trat. Poldi fand, daß er rührend tapfer war und daß sein Vater ein unmöglicher Mensch sein müsse, den man eigentlich anzeigen solle.

Aber es erschreckte sie doch, als sie zwei Tage später zwei Carabinieri in voller Uniform das Nachbarhaus betreten sah. Ihr erster Gedanke war, daß Pippo mit dem Revolver eine Untat begangen habe. Sie hatte ihn seit jenem Abend nicht mehr in ihrer Gasse gesehen. Doch ehe sie sich die Folgen einer solchen Entdeckung ausgemalt hatte, kamen die Gesetzeshüter schon wieder aus dem Hause, und in ihrer Mitte schritt Claudios Vater. Er war nicht gefesselt. Es wäre für ihn, flankiert von zwei drahtigen jungen Männern, die in allen Gelenken federten, wohl auch unmöglich gewesen, auszubrechen. Aufrecht und gefaßt ging er über die Brücke und verschwand im Durchgang.

Poldi bebte. Was tat nun der Junge, wenn er aus der Schule nach Hause kam? Wie würde er leben, wenn der Vater im Gefängnis saß und ihr Urlaub zu Ende war? Wie konnte sein Vater so gewissenlos sein, das Schicksal seines Kindes durch seine verderblichen Machenschaften zu gefährden! Was er wohl begangen hatte?

Betrugsaffären. Hochstapelei. In seiner Weise sah er ebenso gut und anziehend aus wie Claudio. Es mochte ihm leicht fallen, Vertrauen zu erschleichen. Was es auch war, für Claudio war es ein Unglück.

Sie wartete um die Mittagszeit auf der Terrasse, um ihn heraufzurufen, wenn er aus der Schule kam. Aber er kam nicht nach Hause. Auch am Nachmittag wartete sie umsonst. Vielleicht hatte man ihn in der Schule davon verständigt, daß sein Vater verhaftet worden war. Vielleicht hatte man ihn schon in ein Heim gebracht?

Die Unruhe war so unerträglich, daß sie am Abend in die Kirche hinüber ging und in der Gnadenkapelle der Heiligen Jungfrau von der Lilie eine Kerze opferte. Die Andacht ging zu Ende, aber sie kniete noch lange unter den stillen Beterinnen, deren Herz zu voll war, um während einer kurzen Litanei vor der Madonna hingeleert zu werden. Sie starrte in die zuckenden Kerzenflammen und es kam ihr in den Sinn, wie sie im Stefansdom vor dem gnadenreichen Marienbild gekniet war, um ihrer Mutter die Gesundheit zu erflehen. Ihr Herz hatte gebrannt vor Angst und Schmerz und Liebe.

Und heute? Auch heute betete sie aus gepreßtem Herzen, aber sie wußte nicht, warum sie litt. Die Mutter – ja, sie war der einzige Mensch gewesen, den sie im Leben besessen hatte, dem sie zugehörig war, seit sie nur denken konnte. Aber dieses fremde Kind, das sie nichts anging, das ihr nur Ärger und Aufregung gebracht, und sie verhöhnt und verfolgt hatte! Was war an ihm, das Rührung und Mitleid und Sorge in ihr aufrief, so daß ihr kühl und still gewordenes Herz hinschmolz?

Drei Wochen noch und sie kehrte nach Wien zurück. Aber sie mußte vorher wissen, daß er gut versorgt war, daß er nicht verkam in dieser Gasse der Rowdies und Gauner und Tagediebe.

Ob sie morgen mit diesem guten alten Geistlichen reden sollte, der hier die Verhältnisse gewiß gründlich kannte? Er konnte Claudio vielleicht in ein gutes Heim bringen. Vielleicht konnte sie etwas dazuzahlen.

Wohin versteigst du dich, Poldi! gebot sie sich Einhalt. Daß die Leute womöglich glauben, er wäre dein lediges Kind!

Ihr Kind.

Sie hatte es so sehr gewünscht – oh, so sehnsüchtig gewünscht, jahrelang, aber sie hatte nie davon gesprochen, um die Mutter nicht zu kränken. Dann war sie darüber hinweggekommen, und jetzt . . .

Hastig stand sie auf und zündete noch eine Kerze an und noch eine, nur um etwas zu tun, nur um stiller zu werden, nur um sich abzulenken von dem süßen jähen Überschwang, der sie mitnehmen wollte wie die Versuchung einer verbotenen Liebe.

Das Bild ihrer Mutter stand in ihrem Zimmer. Sie nahm es in die Hände, wie sie es oft getan hatte, wenn sie gekränkt aus dem Geschäft nach Hause gekommen war. Aber heute hatte sie nicht das Gefühl, daß die Mutter ihr lebendig nahe wäre und sie bemitleide. Das Bild war Glas und Rahmen und eine Erinnerung. Es traf sie wie eine Strafe. Die Mutter verzieh ihr nicht, daß sie so bald nach ihrem Tode ohne sie die Schönheiten Venedigs aufgesucht hatte. Die Mutter ließ sie allein in ihrer Verwirrung. Sie mußte sich bemühen, einfach und nüchtern die Lage zu betrachten.

Sie aß nichts. Zu Mittag hatte sie auf Claudio gewartet und aufs Essen vergessen. Der Topf mit Fleisch und Suppe stand noch draußen auf dem Steinboden der Terrasse, aber sie hatte keine Lust, ihn aufzuwärmen. Sie setzte sich in den Salon und legte eine Patience.

Da hörte sie es.

Erst war es nur ein leises Knistern, das sie nicht beachtete. Doch dann fiel etwas, ein dürrer Zweig oder eine morsche Latte vom Spalier. Ging draußen der Wind? Sie trat an die offene Terrassentüre. Die Luft war weich und still. Keine Ranke, keine Glyziniendolde rührte sich. Doch von einem Vordach gegen die Trattoria zu kam es näher – ein Knistern und Streifen, immer höher, immer näher. Sie floh zurück. Ihr Herz dröhnte.

Jemand kletterte zu ihrer Terrasse herauf. Sie hatte ja darauf gewartet, seit sie sich der Verderbtheit ihrer Umgebung bewußt geworden war. Jetzt war es so weit.

Und sie war allein. Keine Waffe.

Sie stürzte zum Schalter und drehte das Licht aus. Nun konnte man sie von draußen nicht mehr anvisieren. Aber sie sah . . .

Ganz deutlich. Eine Ranke spannte sich über dem Geländer. Er mußte ganz nahe sein.

Stille. Er lauerte.

Da schrie sie in die Nacht hinaus mit aller Kraft: „Hilfe! Hilfe! Aiuto!"

Sie rannte in ihr Zimmer und riß das Fenster auf und schrie auch dort in die Gasse hinunter.

Irgendwo schepperte ein Balken, das Gelächter vor der Trattoria verstummte.

Zurück in den Salon. Ein bleicher Schatten hinter den Oleanderzweigen. Er war da – ein eiskalter, furchtloser Mörder . . .

Fliehen . . . Die Sperrketten der Wohnungstüre verklemmten sich. Der Schlüssel steckte nicht. Wo – wo lag er? Im Ring am Riegel. Viel zu groß – und er drehte sich so schwer, einmal, zweimal.

Endlich ging die Türe auf. Sie taumelte über die Schwelle. Und über die letzten der drei steilen Stufen herauf sprang ein Mann. Der Mann, den die Carabinieri heute abgeführt hatten. Die weit offenen, gespannt, fast gierig funkelnden Augen. Hemdsärmel. In der Hand eine schwere Pistole. Die Mündung –.

Eingekreist. Verloren.

Es war ihr, als müsse sie ersticken. Unter Niesen und Husten riß sie die Augen auf und sah das bleiche Mondgesicht der Nonna über sich gebeugt. „Dem Himmel sei Dank! Salmiak weckt doch jeden Toten auf!" rief die Alte und hob das Fläschchen wie einen Opferkelch gegen den Himmel.

Der funkelte über ihr mit herrlichen Lichtern und taute schwebenden Frieden und Kälte auf sie herab. Sie kehrte ins Leben zurück mit der Empfindung von etwas Neuem, nie Erlebtem jenseits aller Alltagsängste und Ärgernisse. Es war wie ein Traum, aus dem sie nicht erwachen wollte. Sie wußte nicht, daß sie weinte und schauderte.

„Jetzt aber schnell in die Wärme!" befahl jemand, und sie sah, daß es Claudios Vater war. Aber sie hatte keine Angst vor ihm – es geschah ja alles nur im Traume.

An jeder Seite gestützt und geführt, erreichte sie das Bett. Die Nonna streifte ihr Rock und Strümpfe herunter und schob sie unter die Decke. Sie spürte etwas wundervoll Warmes unter ihren Füßen, trank heiße Milch und spürte es wohlig durch den Körper rinnen. Und während sie langsam das Bewußtsein wieder gewann, erlebte sie das ach, so lange nicht mehr gefühlte Geborgensein in freundlicher Sorge.

„Wie fühlen sie sich, Signora? " fragte er.

„Besser, viel besser."

Er schob sich einen Stuhl näher und setzte sich. „Es tut mir leid, daß ich Sie so sehr erschreckt habe. Ich hörte Sie schreien."

„Ich kann auch kein Schießeisen sehen", lachte die Nonna. „Ich wäre auch in Ohnmacht gefallen."

Poldi mußte an den Revolver denken, den Claudio diesem seinem Vater entwendet hatte, und der jetzt in Pippos Händen war. „Claudio – ist er zu Hause?"

„Ja. Ich habe ihm hinübergerufen, daß Ihnen nichts geschehen ist. Er war verrückt vor Aufregung."

„Und – und was ist sonst geschehen?"

„Nichts. Es war der gelbe Kater."

„Oh nein – nein. Verzeihen Sie! Was müssen Sie nun denken . . ."

Die Nonna lachte wieder. „Ja, Signora, bitten Sie jetzt den Capitano schön um Verzeihung, weil Sie noch leben! Es wäre ihm gewiß lieber, wenn Sie jetzt tot dalägen. Da wäre er wenigstens nicht umsonst gekommen."

„Umsonst war es nicht, Mamma Caterina. Auch ein Schock kann gefährlich sein."

„Pah, da wäre ich schon längst im Grab. Wenn ich an meinen Marco denke – möge er drüben friedlicher sein."

Der Capitano sagte nichts, sondern blickte nur aufmerksam in Poldis Gesicht. Und langsam, langsam ging ihr auf, daß er gewiß nicht in böser Absicht zu ihr heraufgestürmt war, und daß er vielleicht auch seine guten Eigenschaften hatte.

„Claudio, er ist ein sehr liebes Kind", flüsterte sie. „Sie sollten ihn nicht zuviel allein lassen, mit diesen Gassenbuben."

Er seufzte und strich mit der Hand über sein Gesicht herab. „So ist es. Aber es ist mein Beruf. Ich bin Capitano der Carabinieri, Commissario. Ich möchte . . ."

Er hielt inne, da Poldis Blässe noch um einen Grad tiefer wurde. Überwältigt vor Scham drehte sie den Kopf zur Seite. Lange sagte sie kein Wort, während die Nonna im Salon nach etwas Starkem herumkramte, das sie alle drei jetzt veramente gut brauchen konnten.

Sie fand es im Handumdrehen und brachte gleich drei Gläser mit. „Keine schlechte Idee", sagte der Capitano und schenkte ein. „Salute!"

Der Cognac rann belebend durch Poldis Kehle und brachte sie wieder zu sich selbst. Sie richtete sich in den Kissen auf – wie gut, daß sie diesen anständigen weißen Pullover anhatte – und baute einen schönen, fehlerfreien, italienischen Satz: „Ich danke Ihnen sehr, Signore Capitano. Sie sind sehr freundlich. Ich habe Ihnen viel Mühe gemacht."

„Nicht der Rede wert. Claudio erzählte mir, daß Sie ihm den Kopf verbunden haben. Also habe ich Ihnen zu danken."

„Ich hoffe, es geht ihm gut."

„Er wird morgen aufstehen und am Montag wieder in die Schule gehen. Darf er Sie am Sonntag besuchen?"

„Selbstverständlich. Ich freue mich darauf. Vielleicht darf er bei mir essen?"

Er zögerte. „Der Junge kann sehr anstrengend sein. Aber – aber es wäre mir wahrhaftig eine Beruhigung. Ich habe Dienst am Sonntag, ich weiß nicht wie lange. Dann treibt er sich herum. In letzter Zeit war er so unruhig, irgendwie verändert. Ich fürchtete schon, er wäre in schlechte Gesellschaft geraten."

Weiß Gott, das ist er wohl, dachte Poldi, beschloß aber, vorsichtig zu sein. „Dieser Pippo oder wie er heißt, und dieser Gianni, die lungern immer in unserer Gasse herum."

„Pippo, der ist doch schon fünfzehn. Und er gehört gar nicht in unser Viertel, Ich habe mit seiner Familie schon zu tun gehabt. Ich hoffe nicht, daß Claudio . . ."

„Ach, den Buben imponiert so ein Großmaul. Ein ganzes Rudel läuft ihm nach. Ich sehe sie manchmal, wenn ich abends nach Hause komme."

„Und Claudio? "

„Ich bin sicher, daß er mit ihnen nichts mehr zu tun haben will. Er paßt doch gar nicht zu ihnen. Das hat er gewiß schon gespürt."

„Gar nichts spüren sie", sagt er gepreßt. „Erst, wenn es zu spät ist, wenn etwas Irreparables geschehen ist."

„Etwas Irreparables geschieht nicht", beeilte sich Poldi zu widersprechen, aber sie hatte plötzlich Angst.

Er merkte es nicht. Er schaute sie mit einem langen, halb ironischen, halb hoffnungsvollen Blick an, und sie bemühte sich, ihm standzuhalten, obwohl ein inneres Zittern ihr bis in Lippen und Finger dringen wollte.

„Am Sonntag also", sprach er und stand auf, „er wird sich freuen. Sie beschäftigen ihn sehr."

„Ja? " fragte sie lächelnd und dachte an die tote Maus und das Porträt des dankbaren Katers.

Fräulein Poldi war eine Wienerin und verstand etwas von der Kochkunst der alten Schule, und da Claudio bisher wahrscheinlich nur von Konserven und Milch gelebt hatte, und dringend einer Stärkung bedurfte, wandte sie mit Lust den ganzen Samstag daran, ein Sonntagsessen für einen ausgehungerten Zehnjährigen zu veranstalten. Am Abend standen im Kühlschrank ein Dutzend Pilze zum Überbacken bereit, raffiniert aus Frittatenteig gerollt und geschnitten, mit zart gewürzten Kappen aus feinem Haschee. Kalbsvogerln lagen zierlich nebeneinander, mit Zahnstochern festgesteckt, schnell zu braten und in einem Nest aus flaumigem Kartoffelpürree auf grünem Salat und roten Radieschen anzurichten. Und die Stranitzeln aus Bisquit harrten schon der herrlichen Fülle aus rosa Erdbeerschaum.

Am Sonntag morgen deckte sie schon den Tisch auf der Terrasse und rückte ihn so, daß der Oleander ihn beschatten mußte. Dort lag auch ein Federballspiel für Claudio bereit. Er sollte sich gern an die Signora aus Wien erinnern. Um zehn Uhr ging sie in die Messe und eilte in eifriger Erwartung nach Hause. Ob er wirklich kam? Oder ob der Arzt ihn noch nicht ausgehen ließ? Dann hätte sein Vater sie gewiß verständigt.

Aber es gab keine Enttäuschung. Um elf Uhr läutete es an der Türe und er kam herein, fremd und stattlich anzuschauen in einem tadellosen Anzug. Er überreichte ihr einen Strauß aus Mimosen und rosa Nelken. „Von Papa. Er holt mich um zwei Uhr ab."

„Um zwei Uhr schon? Da haben wir ja kaum Zeit zum Essen!"

„Das macht nichts", sagte er wegwerfend, „es ist wichtig, daß wir miteinander reden."

Er lehnte sich an den Türstock und zog ein Bein hoch, so wie sie ihn zum ersten Mal von der Terrasse aus gesehen hatte. Mit seinem blassen, düsteren Gesicht und dieser lässigen Haltung sah er aus wie ein junger Mann, der sich mit einem schweren Problem herumschlägt. Und dabei war er doch noch ein Kind mit weichen langen Wimpern und rosa Ohren.

„Komm”, sagte sie und ließ ihn im Sofawinkel Platz nehmen. Er blieb steif und unbequem am Rande sitzen. „Haben Sie Pippo einmal gesehen? Ich mußte Papa versprechen, daß ich diese drei Tage wirklich im Bett bleibe. Der Doktor hat es verordnet.”

„War er da? ”

„Nein”, sagte sie bekümmert. „Ich habe weder ihn noch Gianni gesehen.”

„Er kommt nicht wieder. Er hat jetzt den Revolver.” Sie hätte ihm gern über den Kopf gestrichen. „Vielleicht – was glaubst du –, vielleicht können wir einen kaufen und in den Kasten legen? ”

„Papa würde es sofort merken. Es war eine P 38, wissen Sie, aber ich weiß das Kaliber nicht genau, und da gibt es dann noch eine Nummer, und den Drall kennt man auch, wenn man eine Waffe einige Zeit besitzt.”

„Ja, du weißt das natürlich besser als ich. Aber was sollen wir tun? Wäre es nicht doch am besten, wir würden alles deinem Vater erzählen? ”

Er fuhr auf. „Unmöglich! Er würde mich sofort in ein Internat geben. Er würde sagen, ich bin nicht mehr sein Sohn. Er würde glauben, ich habe ihn bestohlen und belogen wie einer von den Coltelli rapidi.”

„Coltelli rapidi? Schnelle Messer? ”

„Ja, so nennen sich die von der Gruppe. Sie machen tolle Sachen, wissen Sie! Mich wollten sie nicht nehmen. Sie glaubten, ich wäre feig, ich wolle sie nur verraten. Da habe ich ihnen das vom Revolver gesagt. Zum Beweis."

„Claudio! Du hast doch gewußt, daß sich dein Vater schrecklich gegrämt hätte, wenn du mit dieser Gruppe herumgezogen wärst. Einmal hätte er es doch erfahren."

Er warf sich zurück und sagte atemlos: „Papa mag mich nicht. Meine Mutter ist gestorben, wie ich zur Welt gekommen bin, deshalb mag er mich nicht. Und später hätte er eine andere Frau gefunden, aber weil sie mich nicht leiden konnte, hat er sie nicht geheiratet. Und jetzt ist Tante Maria ins Kloster gegangen, weil sie sonst zu alt geworden wäre, und wir sind schon fast zwei Jahre allein. Aber er mag mich ganz bestimmt nicht. Immer läuft er nur den Gangstern nach und denkt an sie, und mit mir redet er fast nichts."

„Aber Claudio! Dein Vater hat dich ganz schrecklich lieb! Ich sehe das doch. Er ist eben ein Mann und hat einen sehr ernsten Beruf. Wenn er heimkommt, ist er müde. Aber er macht sich viele Sorgen um dich."

„Die anderen Kinder haben alle eine Mamma", entgegnete er mit verdächtig hoher Stimme.

„Vielleicht findet dein Vater noch eine Mamma für dich. Vielleicht denkt sich jene Frau heute: Jetzt ist Claudio schon ein großer, gescheiter Bub. Jetzt könnte ich mich mit ihm gut vertragen."

„Nein, die hat geheiratet und ist jetzt separiert. Die wäre wirklich nichts für den Papa."

Auch für dich nicht, du armes Kind, dachte Poldi. Sie verstand jetzt, warum der Capitano nichts von dieser unglückseligen Affäre erfahren durfte. Sie glaubte zwar nicht, daß er Claudio den Tod seiner

Frau nachtrug. Sie spürte, daß er das Kind auf seine Weise abgöttisch liebte. Aber der Tonfall, den er sich für seine Carabinieri und die erwischten Verbrecher zugelegt hatte, war wohl nicht dazu angetan, einem Kinde Liebe und Zärtlichkeit zu offenbaren.

Auch Simonetta hatte Angst vor ihm. Sie selber sogar – doch nein, seit sie ihn kannte, vertraute sie ihm.

„Wissen Sie", sagte Claudio etwas ruhiger, „ich habe gedacht, wir sollten mitsammen in das Viertel zwischen dem Hafen und der Garage gehen. Dort wohnt Pippo. Vielleicht finden wir ihn. Dann zwingen wir ihn, den Revolver zurückzugeben."

Wie? zweifelte Poldi. Doch Claudio redete eifrig weiter: „Wir müssen schnell gehen, damit wir zurück sind, wenn Papa mich abholt. Nein, essen mag ich nichts. Ich habe schon drei Tage fast nichts gegessen. Es war mir meistens übel. Aber gehen wir jetzt? "

Was blieb ihr übrig? Sie nahm ihre Jacke und lief ihm nach, ohne sich durchs Haar zu fahren oder festere Schuhe anzuziehen. Er ließ sich rasch dazu überreden, einen Motoscafo zu mieten und von der Garage aus gleich in Pippos Revier einzudringen.

Das war nun freilich ein anderes Venedig als jenes, das Poldi bis jetzt kennengelernt hatte. In einem Gewirr von engen, sonnenlosen Gassen und fauligen Kanälen strichen graue Kinder herum, alte Leute dösten hoffnungslos vor höhlenartigen Gelassen, Ratten huschten über das Pflaster, und die mageren schäbigen Katzen schienen zu schwach zu sein, sie zu erlegen. Im Vergleich zu ihnen sahen Poldis Kostgänger wie knapp dotierte, doch in geordneten Verhältnissen lebende Befürsogte aus.

In schwarzen, kellerartigen Werkstätten bewegten sich unter sparsamem, rötlichem Licht geduldige, verschmierte Gestalten. Blaue Flammen zischten auf. Es roch erstickend nach Gas, nach Lack, nach Blut. Lehrlinge, unter Ruß und Menning schön wie die Bilder venezianischer Maler, räumten allerlei von den Hauswänden ins Innere, denn es war Mittag, Sonntag Mittag, und die schiefen Türen wurden zugeschoben.

Hinter einer offenen Fenstertüre saß ein bleicher Mann unter einer Lampe und arbeitete an einem antiken, bemalten Schreibtischchen. Mit unendlicher Sorgfalt ersetzte er das zerbrochene Stück einer zarten vergoldeten Leiste. Einige ungefaßte schön geschnitzte Rahmen hingen wie vergebens an den dürftigen Wänden. Hoffnungsvoll, so schien es Poldi, blickte er auf, als sie stehenblieb. „Come e bello”, sagte sie, von Traurigkeit bewegt, und wies auf einen der Rahmen. Er neigte dankend den Kopf, ehe er sich wieder über seine Arbeit beugte.

Sie gingen weiter, Hand in Hand, ohne daß Claudio versuchte, sich frei zu machen. Beklommenheit befiel sie beide. Claudio mochte wohl ahnen, wie schwierig es sei, hier Pippo aufzuspüren. Poldi aber dachte an die neonlichtdurchstrahlte Glas- und Chromsauberkeit ihrer Wiener Arbeitsstätte, und etwas wie Bewunderung mischte sich in ihr mit Mitleid und Ärger. Diese jungen Burschen würden ja wohl in die Schweiz oder nach Deutschland gehen, sobald sie ihre Lehrzeit abgeleistet hatten. Aber die Älteren blieben in ihrer Enge, vielleicht weil diese wunderbare italienische Fröhlichkeit und Zufriedenheit, dieser Sinn für die Schönheit der kleinen Dinge und der kleinen Freuden ihrem Dasein eine geheime Größe gab. Vielleicht weil eine Frau und ein paar

Kinder auf die Lire warteten, die sie in ihrer dumpfen Werkstatt verdienten. Vielleicht weil das weite Meer so nahe, Venedig so herrlich und so berühmt war, und sie ihren Anteil an dieser Größe hatten.

Aber dann gab es unter ihnen einen Pippo, dem es schien, daß ein Revolver ihm bessere Chancen böte als ein Lehrbrief oder die Mütze eines Facchino. „Es hat keinen Sinn, wenn wir da herumlaufen und ihn suchen, Claudio. Wir müssen fragen, vielleicht diese Kinder?"

Sie kannten keinen Pippo. Auch zwei Lehrlinge, die auf einer Brücke ein Stück kalter Polenta verzehrten, zuckten die Achseln. „Pippo? Nun ja, es mag da vielleicht ein halbes Dutzend geben."

Vor einer kleinen Kirche, deren uralte verwitterte Fassade von den Nistlöchern der Tauben angenagt war, saß eine erschöpfte Frau neben einem Bündel. Poldi reichte ihr hundert Lire und fragte: „Kennen Sie einen jungen Burschen, der Pippo heißt, und hier wohnen soll?"

„Wenn es der ist, den ich kenne, dann soll ihn der Teufel holen! Der hat mir gestern ein Stück Tonno weggenommen, das ich auf dem Fischmarkt geschenkt bekam."

Claudio riß heimlich an Poldis Hand. Das könnte er sein ... „Wo wohnt er, wissen Sie das?"

„Überall und nirgends. Sein Vater hat ihn aus der Wohnung geprügelt. Jetzt treibt er sich am Bahnhof und am Rialto herum oder was weiß ich wo. Aber die Signora wird doch nicht diesen Ladro suchen. Es gibt noch andere Pippo und Peppo." Sie lehnte den Kopf an die Kirchenwand und schloß die Augen.

Schweigend und aufgeregt überquerten sie den

kleinen Platz. „Gehen wir jetzt zum Bahnhof ?" fragte Claudio.

„Unmöglich, wir müssen um zwei Uhr zu Hause sein. Wir können froh sein, daß wir doch wenigstens etwas erfahren haben."

Aber es schien alles schlimmer zu sein als sie es sich zuerst vorgestellt hatte.

Sie nahmen wieder einen Motoscafo und fuhren bis vor die Haustüre. „Wasch dich, Claudio, damit du ordentlich aussiehst, wenn dein Vater kommt. Ich mache schnell das Essen fertig."

Jetzt protestierte er nicht mehr gegen das Essen. Er hatte heute wohl noch nichts im Magen, und der Weg durch die wirren, holprigen Gassen hatte ihn angestrengt. Er sah bleich und müde aus. Trotzdem stand er in der engen Küche herum und stibitzte ihr einige der halbfertigen Suppenpilze und schleckte vom Erdbeerschaum, so daß sie mit der Arbeit nicht vorankam, weil sie immer wieder etwas vor ihm retten mußte. Darüber vergaßen sie die Bedrücktheit, die sie aus Pippos Viertel mitgebracht hatten, und gerieten immer öfter in ein spitzbübisches Gelächter, das für Poldi freilich der Ausdruck einer nie erlebten Freude war.

So hatte sie eben erst die Kalbsvogerln in der Pfanne, als es läutete. „Jetzt holt er mich schon ..." murmelte Claudio enttäuscht. „Was machen wir jetzt mit dem Essen? "

Sie machte eine ratlose Gebärde und band sich die Küchenschürze ab. Recht unbeeilt schlich Claudio den gebogenen Gang hinunter zur Wohnungstür. Poldi hörte ihn etwas von einem Spaziergang und von später vorbringen. Die Stimme des Capitano klang wenig einverstanden, wahrscheinlich hatte er den Rest des Sonntags schon eingeteilt und hatte keine Lust alles durcheinander zu bringen.

„Guten Tag, Signora! Ich höre gerade, daß Claudio gerne noch bleiben würde. Nun, ich könnte für eine halbe Stunde zur Fenice-Bar hinaufgehen. Aber dann muß ich Ernst machen, ohne Pardon."

Poldi konnte ihm nicht antworten, denn ein heftiger Duft – noch erst ein Duft! – mahnte sie, eiligst nach den Kalbsvogerln zu sehen. Und während sie, gerade noch im richtigen Moment, ein wenig Saft aufgoß, kam ihr der verwegene Gedanke, den Herrn zum Essen einzuladen.

Es war genug vorhanden und es war alles so gut gelungen. Geradezu schade für sie und Claudio allein. Der Capitano würde ihre Kochkunst zu würdigen wissen.

Da stand er auch schon in der Küchentüre und Claudio, dieser Schatz, hielt ihm einen der würzigen Suppenpilze unter die Nase. „Du mußt das kosten, Papa! Das hat die Signora für mich gemacht. Und die Creme habe ich fast ganz allein geschlagen."

„So ist es", sagte Poldi, glühend von Mut und Bratenhitze. „Und Sie sollten uns nun wirklich die Ehre geben und unsere Künste ausprobieren. Wollen Sie nicht mit uns essen? "

Der Capitano blickte von ihr zu Claudio, der ihn mit ungeheurer Spannung anstarrte. Mit einigem Erstaunen bemerkte Poldi, daß hinter seinem gekonnten Ausdruck von Strenge und Entschlossenheit etwas wie Verlegenheit und Unsicherheit herumzuckte. Schon bereute sie es, so aufdringlich gewesen zu sein, und hätte gerne etwas Ablenkendes gesagt, wenn ihr nur etwas eingefallen wäre. Dann legte der Vater die Hand auf Claudios Schulter und sagte mit einem kleinen Aufatmen: „Wenn Sie erlauben, Signora, werden wir Ihre Güte annehmen. Vielen Dank!"

Es gefiel ihm dann tatsächlich bedeutend besser, auf der luftigen Terrasse im Schatten der Oleanderbüsche den ungewohnten Genüssen der Wiener Küche zuzusprechen, als in der Bar eine Pizza hastig hinunterzudrücken, wie er es eigentlich vorgehabt hatte. Gerührt sah Poldi, wie Claudio sich bei ihr so sehr daheim fühlte, daß er seinen Vater zu bewirten schien. Eifrig legte er ihm vor und fragte immer wieder, ob es ihm auch schmecke. Und als Poldi mit dem Dessert zugleich auch die Kaffeemaschine Renatas herausbrachte, behauptete er, einen ausgezeichneten Kaffee kochen zu können.

„Ist das wahr? "

„Gewiß, Signora –? "

„Rexeisen, Leopoldine Rexeisen", sagte sie betroffen. Es war ihr bis jetzt kaum bewußt geworden, daß sie nicht einmal ihren Namen kannten. Für sie war er der Capitano, und für Claudio hatte ihr der Taufname genügt. Wie seltsam doch, daß man Menschen begegnen konnte, die einem nahekamen, obwohl man von ihnen nicht einmal den Namen wußte! Seltsamer noch, daß ihr so etwas geschah, die doch von Berufs wegen zu einem gewissen Mißtrauen verpflichtet war.

Ihr unsicherer Blick sagte ihm, daß Claudio ein arges Versäumnis begangen hatte, das natürlich auch auf sein Schuldkonto kam. „Mein Name ist Mario Pisano. Ich muß Sie um Entschuldigung bitten . . ."

Sie lächelte: „Wir sehen uns heute ja erst zum zweiten Mal."

„Ich kenne sie schon lange, Papa. Schon seit dem Winter."

Lange? Sehr lange, Claudio. Waren es drei

Wochen oder drei Jahre – oder waren es neun Monate?

Sie erschrak über diesen Gedanken, der sich schnell in einen heftigen Schmerz verwandelte. Aber sie nahm das Täßchen aus Claudios Hand und lächelte über seinen Eifer und legte ihm noch ein Stanitzel auf den Teller.

Dann fühlte sie den Blick des Capitano auf ihrem Gesicht, einen nachdenklichen Blick aus dunklen Männeraugen, in denen sich eine Art zufriedener Müdigkeit, Verwunderung und ein Rest kritischen Forschens wunderlich spiegelten. „Rauchen Sie?" fragte sie errötend und erinnerte sich im selben Augenblick, daß sie nicht wußte, wo die Zigaretten der Corrados lagen.

Er zog eine Zigarrentasche heraus und legte sie auf den Tisch. „Hol uns einen Krug Nostrano aus der Trattoria, Claudio."

Dann wurde es ein wunderschöner Nachmittag. Der Schatten des Oleanders wurde immer länger. Die Glocken am schiefen Turm von San Maurizio klingelten ihre süße Weise träumerisch über die Dächer dahin. Sanfte Kühle wehte vom Meer herüber. Sie tranken den herben dunklen Wein und knabberten Mandeln und Maronen. Und ihr Geplauder wurde immer leichter und vertraulicher, bis Claudio die Augen zufielen. Sein Vater wollte ihn wecken und nach Hause bringen, aber er schwankte wie betrunken auf das Sofa zu. „Ich will nur ein bißchen ausruhen", murmelte er und kuschelte sich in die Polsterecke. Im nächsten Augenblick war er eingeschlafen.

Poldi deckte einen Schal über ihn. Ihre Irrfahrt durchs Hafenviertel kam ihr in den Sinn, die geraubte Pistole, seine Krankheit. Wie bleich er auf einmal war! Zwei Stunden lang hatte er blühend ausgesehen wie jeder andere vergnügte, eifrige Junge. War es zuviel für ihn gewesen?

Es schien ihr, als nehme sein Gesicht im Schlafe einen düsteren, fast leidenden Ausdruck an. Wie sollte sie ihm nur helfen?

Als sie sich aufrichtete, hatte ihr der Capitano einen Stuhl herübergeschoben. Sie setzte sich, plötzlich selbst erschöpft. Ein heftiger Wunsch, ihm alles zu erzählen, die Verantwortung in seine Hände zu legen, ließ sie zum Sprechen ansetzen. Aber sie schluckte nur. Sie hatte Schweigen versprochen.

„Er macht mir Sorgen", sprach er gedämpft. „Einem gesunden Buben sollte doch so eine Schramme nicht viel ausmachen. Aber er war seither richtig krank. Der Arzt wollte ihn heute noch gar nicht richtig aufstehen lassen."

„Ich wußte nicht, daß es so schlimm war. Ich hätte sonst ..."

„Nein, nein, Signora! Sie haben ihm eine große Freude gemacht. Es hat ihm geholfen. Und wie er gegessen hat – endlich einmal!"

Er ließ sich in einen Sessel fallen und stützte die Ellbogen auf die gespreizten Knie. „Sie raten mir von allen Seiten, ich solle das Kind in ein Internat geben. Es ginge so nicht weiter. Er ist zehn Jahre. Da müßte er ohnehin in ein Collegio. Aber – sehen Sie – er ist ohne Mutter aufgewachsen. Er ist nicht wie andere Kinder, nicht unbefangen, sondern empfindlich, unbedingt, oft hart. Man würde ihn nicht verstehen. Die Schüler würden ... Nun ja, und ich kann ihn nicht entbehren."

Nach einer Weile flüsterte sie: „Sie dürfen ihn nicht fortgeben. Er hängt zu sehr an Ihnen."

„Ich weiß nicht. Manchmal ist es, als wäre es

ihm lieber, wenn ich nicht nach Hause käme. Als habe er Angst – oder als habe er etwas zu verbergen. Vielleicht möchte er einfach lieber herumstreunen als mit mir allein zu Abend essen."

„Das wird es sein. Das sollte Sie auch gar nicht wundern. Er ist doch kein Baby mehr."

„Gewiß. Er soll sich seine Abenteuer und seine Freunde suchen. Nur gefallen mir hier nicht alle. Ich wollte ihn heute zu einem Kameraden mitnehmen, der zwei Söhne hat. Darf ich telefonieren, Signora? Sie werden mich dort erwarten."

„Bitte", sagte sie und stand auf, um ihm in den Korridor vorauszugehen.

Von der Küche aus, wo sie anfing, Ordnung zu machen, hörte sie seine kollegiale Unterhaltung mit einem Carlo, dem er etwas von einer unvorhergesehenen Einladung erzählte. Dann ein Lachen, wie auf eine Neckerei. „Molto. – Molto. – Molto."

Es klang zufrieden, fröhlich. Was war „Molto"? Das Essen? Was noch? Schließlich ein „Grazie, Carlo! Grazie, Maria! Domani!"

„Darf ich Ihnen helfen? " fragte er dann zur Tür herein.

„Um Gottes Willen!" wehrte sie ab. Sie gingen in den Salon zurück und setzten sich in den matten Lichtbereich einer Stehlampe, möglichst abseits vom Sofa, auf dem Claudio schlief. Sie begannen ihr Gespräch, wo sie es vorher unterbrochen hatten, und flüsterten, damit das Kind sie nicht hören konnte. Dies gab ihrem Beisammensein eine eigene Stimmung und es ergab sich ganz von selbst, daß sie sich Dinge anvertrauten, die sie schon lange niemandem mehr erzählt hatten.

Ja, das mit Claudio war wirklich eine große Sorge. Er hatte einfach zu wenig Zeit für ihn. Der

Dienst fraß ihn auf – von Jahr zu Jahr wurde es ärger. Nein, es werde ihm nicht zuviel, er liebe seinen Beruf. Hart? Gewiß, das sei er manchmal. Aber daran gewöhne man sich schon in der langen, sehr strengen Ausbildung.

Natürlich hätte er irgend ein Studium wählen können, als er aus dem Krieg nach Hause gekommen war. Er wisse eigentlich nicht mehr, warum er zu den Carabinieri gegangen war. Vielleicht ein frühes Erlebnis. Eine freundliche alte Frau, bei der er täglich kleine Einkäufe gemacht hatte, war eines Tages in ihrer bescheidenen Drogheria gelegen, brutal erschlagen und ausgeraubt. Man fand den Täter nie. Er aber hatte einen in Verdacht, nur aus einem bestechenden Gefühl heraus, und verfolgte ihn längere Zeit, ohne etwas herauszufinden. Zwei Jahre später wurde er nach einem Raubmord verhaftet, und heute noch, da er schon längst Capitano der Carabinieri sei, glaube er, daß er damals den richtigen Mörder erkannt hatte. Aber damals, in Rom, geschah so vieles. Vielleicht war dies der Grund. Hauptsache, man war mit seinem Beruf zufrieden.

„Ihr Gatte, Signora – in welchem Beruf arbeitet er?"

Sie sah, daß er verstohlen nach dem Ring an ihrer linken Hand spähte. „Ich bin nicht verheiratet, Capitano. Dies ist der Glücksring meiner Mutter. Sie starb voriges Jahr. Jetzt bin ich allein."

Sie bemühte sich nicht, den Nachklang der Trauer in ihrer Stimme zu unterdrücken. Er beugte sich in seinem Stuhle vor und legte seine Hand einen Augenblick lang auf die ihre. „Die Mamma verliert man immer zu früh. Ich war freilich damals erst zwanzig. Sie starb vor Schrecken, als die

Bomben in Rom auf San Lorenzo fielen. Mein Vater erfror in Rußland. Für Hitler." Er lachte kurz und bitter auf. Am Sofa rührte sich der Knabe.

„Claudio wird Sie sehr vermissen, wenn Sie nach Wien zurückkehren. Ich hoffe, Sie bleiben noch lange in Venedig."

„Vielleicht bis Ende März. Ich habe mir einen verlängerten Urlaub genommen. Meine Cousine bat mich, ihre Wohnung zu hüten. Und ich war froh. Ich war so – so müde – ganz fertig . . ."

Wie konnte sie nur so etwas sagen? Einem Fremden. Wie dumm! Aber es war, als könne sie den Riegel, den sie so unbedacht gelockert hatte, nun nicht mehr schließen. Eine verklemmte Tür an ihrem Herzen schlug zurück, und es brach daraus hervor, splitternd und unbesehen, wie ein Scherbenhaufen aus einem niedergestürzten Schrank.

Nicht, daß sie nun geklagt und angeklagt und ihre Leiden dekorativ und übersichtlich vor ihn hingebreitet hätte. Nein, dazu hätte ihr Wortschatz nicht gereicht. Und schließlich verbot es die Anständigkeit, den letzten Rest von Wäsche oder Seelenhülle wegzuwerfen. Aber sie erzählte doch stockend, dann atemlos und leise zitternd, von ihrer Arbeit, ihrer Verantwortung, ihrem Bestreben, ihr Bestes zu tun. Und wie sie in den letzten zwei Jahren, seit die Mutter zu kränkeln begann, nach und nach erfahren mußte, daß sie unbeliebt war, daß sie kritisiert und belogen wurde, daß man ihre Korrektheit als unnötige Belastung empfand. Sogar der Chef . . . „Es ist merkwürdig, wissen Sie, da hat man durch Jahrzehnte sich bemüht, hat aufgebaut und durchgehalten, und auf einmal ist es, als wäre alles falsch gewesen. Es wäre besser, wenn man auch so – anpassungsfähig, so überlegen, so schlampig wäre, wie die anderen. Und da fragt man sich auf einmal: Wozu? – Wozu hast du Überstunden gemacht und noch daheim am Abend Fehler gesucht, und bist zu den lästigsten Kunden freundlich gewesen. Das hatte doch alles keinen Sinn! Und dann kann man auf einmal nicht mehr – ist ja doch umsonst . . ."

Sie deckte eine Hand über ihre Augen, denn sie schämte sich auf einmal. Was dachte er nun von ihr, er, der sich mit schweren Dingen herumschlagen mußte, und sich um seinen größten Schatz, sein Kind, sorgte? Wie erbärmlich mochte er ihre Probleme finden! Jetzt, da sie davon gesprochen hatte, bekam alles ein anderes Gesicht, war Alltagskram und verkrampfte Ichsucht.

Der Capitano trat ans Fenster. Draußen dunkelte es schon. Da er sich umwandte, sagte er fast barsch: „Vergessen Sie das alles!"

Erschrocken, gekränkt zog sie die Luft ein und fühlte, wie ihr die Tränen kamen. „Ich weiß – es – es ist nicht wichtig – ich habe . . ."

„Doch, Signora, es ist wichtig. Es ist doch Ihr Leben, Ihre schönen Jahre, die Sie ohne Dank geopfert haben. Aber Sie sollen nicht mehr daran denken."

„Das ist leicht gesagt."

„Da haben Sie recht. Aber sehen Sie . . ." Er rückte seinen Stuhl vor den ihren und nahm ihre Hände in die seinen. „Ich möchte Ihnen helfen. Und es hilft Ihnen nicht, wenn wir jetzt zusammen über alles schimpfen und klagen, was uns widerfahren ist. Es liegt doch schon in der Vergangenheit. Was für ein Schrecken ist doch diese liebe Vergangenheit! Wie viele Verbrechen werden begangen, nur weil so ein armer Hund Nacht für Nacht seine Wunden wieder blutig kratzt, die ihm vor langer Zeit jemand zugefügt hat. Und ein anderer steht und starrt zurück, auf gute Tage, die längst vergangen sind – auf böse Stunden und böse Menschen, die er nicht vergessen kann. Und während dem rinnt sein schönes Leben an ihm vorüber, und er ist blind für die Freuden, die es ihm anbietet. Ist das nicht eine Sünde? "

„Aber wenn man nicht anders kann? Wenn es eben gräbt und gräbt? "

„Es wird besser werden, Signora. Es ist klar, daß Sie erschöpft sind. Die lange, hoffnungslose Krankheit Ihrer Mutter . . . Sie haben sie gewiß gepflegt? "

Sie nickte. „Ja – nur die letzten drei Wochen nicht . . . Der Doktor sagte, sie müsse Morphium bekommen. Aber ich hätte es nicht zugeben sollen, daß man sie ins Spital gebracht hat."

„Und daneben sind Sie noch ins Geschäft gegangen und wollten sich dort nichts anmerken lassen. Wer denkt denn heute schon über den anderen nach! Statt Ihnen zu helfen, haben diese Leute Ihre Schwäche gespürt und haben sich gerächt für die Überlegenheit, die ihnen so oft unbequem war. Was wollen Sie – es sind Menschen!"

„Aber ich bin doch auch ein Mensch und habe ein Recht auf . . ."

„Gewiß, Signora. Und es war sehr klug von Ihnen, daß Sie einen längeren Urlaub genommen haben. Erholen Sie sich, unterhalten Sie sich! Tun Sie alles, was Ihnen Freude macht, und essen Sie alle diese guten Frühlingssalate und Fische und Lämmchen. Ich finde, Sie sind zu zart."

„Ich habe mich bestimmt schon etwas erholt."

„Aber so still, so allein. Langweilig? Und was sind sechs Wochen, wenn man so erschöpft und nervös ist, wie Sie! Lassen Sie Ihren Urlaub verlängern! Was, wenn Sie hier krank geworden wären? Bleiben Sie doch! Bleiben Sie bis Ostern!"

War es denn möglich – war es möglich, daß diese Dringlichkeit, ja, diese Bitte in seiner Stimme ihr galt? Natürlich nicht. Das war dieses italienische Temperament, diese Kontaktfähigkeit der Südländer. Bilde dir nichts ein, Poldi. Italiener . . .

„Das wird wohl kaum möglich sein", flüsterte sie.

„Sie müssen es möglich machen. Erst müssen Sie ganz gesund sein. Wie ein neuer, starker Mensch. Dann erst können Sie leicht mit allem fertig werden, was auf Sie wartet."

„Aber wenn ich wieder in die alte Situation zurückkehre . . ."

„Sie werden imstande sein, sie zu ändern."

„Sie sprechen überzeugend", versuchte sie zu scherzen.

„Das gehört zu meinem Metier", antwortete er, nun auch mit leicht veränderter Stimme. „Ein bißchen muß man sich da auch auf Psychologie verstehen. Sollte man!" schloß er mit einem kleinen Seufzer.

Versagte bei Claudio nicht seine Psychologie? Sie war wohl ein wenig grobschlächtig angelegt. ‚Vergessen Sie das, Signora!' Großartig!

Und doch . . . Hier in diesem dämmrigen, kleinen Salon, beeindruckt von seiner Nähe und seiner so entschiedenen Art zu reden, mit diesem leisen Raunen des Wassers tief unter der Terrasse, auf der noch der Tisch mit den Mokkatassen stand. War es nicht schon fast unwirklich, daß es sechshundert Kilometer nordwärts das Dornengehege der Firma Komarek gab? Eine ziemlich düstere kleine

Wohnung für zwei ältere Damen, von denen die eine nun ganz allein war?

Es war, als ob ein kühles Eisengeländer sich auflösen wollte. Einen Augenblick schwindelte es ihr, als stünde sie hoch auf einer schmalen Schwebebrücke ohne Halt.

Leise zog sie ihre Hand aus der seinen und stand auf, um nach Claudio zu sehen.

Am nächsten Tag schrieb sie tatsächlich einen Brief an ihren Chef, in dem sie um eine Verlängerung ihres Urlaubs ersuchte. Dann lehnte sie das frankierte Kuvert an die Garderobe im Korridor. Sie wollte den Brief noch etwas abliegen lassen. Sie hatte das Gefühl, daß sowohl eine zustimmende als auch eine ablehnende Antwort sie kränken würde. Da war es vielleicht das Beste, einstweilen gar nichts zu tun.

Sie war müde und niedergeschlagen. Der gestrige Tag war doch recht anstrengend gewesen. Und sie wurde ihn nicht los. Wie in einer Art Traumzwang sah sie sich wieder – ach, wie vergeblich! – durch die wirren Gassen laufen, fragte sich beklommen, ob es nicht eine Dummheit gewesen war, den Capitano zum Essen einzuladen. Zu einem doch wirklich etwas kindisch zusammengestellten Essen.

Sie bereute die Vertraulichkeit ihres Gesprächs. Er hatte sie nicht verstanden. Er hatte alles auf die leichte Schulter genommen. ‚Es wird besser werden, Signora. ‚Wie? ' ‚Vergessen Sie das alles!' Wer das könnte! Was wußte so ein Mann, der von Sicherheit und Kraft gehalten war? ‚Bleiben Sie – bleiben Sie bis Ostern!'

Vielleicht lächelte er heute über sie, weil sie, die Fremde, ihm so vertrauensvoll das Herz ausgeschüttet hatte. Vielleicht dachte er, sie hätte ihm Avancen machen wollen. Wie peinlich!

Von Claudio sah und hörte sie nichts. Erst am Dienstag früh läutete er an ihrer Türe, schon zur Schule gerüstet. ,,Papa schickt mich mit diesem Brief. Am Nachmittag hole ich die Antwort. Er hat heute in Marghera draußen zu tun. Dort gibt es einen Wirbel."

,,Was ist dort los? " fragte sie beunruhigt. Aber er sprang schon über die Stiege hinunter.

,,Wollen Sie mir die Freude machen und mit mir am Donnerstag abend die Oper ‚La Traviata' besuchen? In großer Dankbarkeit für Ihre Güte gegen Claudio

Ihr

Mario Pisano"

Sie las es und verstand es einfach nicht. Was wollte er? Eine Dankesschuld begleichen? Wofür? Sich für das Essen revanchieren? Lächerlich! Vor Jahren – um wie viele mehr als zwanzig Jahre? – war sie von einem Tanzstundenverehrer zu einem Opernbesuch abgeholt worden. Später war sie mit Kollegen manchmal ins Theater gegangen. In die Oper eigentlich nur mit der Mutter. Seit zwei Jahren überhaupt nicht mehr.

Sie hatte wirklich nicht vorgehabt, in Venedig ins Theater zu gehen. Sie hatte auch nichts Passendes anzuziehen. Ein schwarzer Rock, eine weiße Seidenbluse? Nein, für die Oper, mit einem so stattlichen Mann als Begleiter, wäre das unmöglich. Sie mußte absagen.

,,Egregio Signor Pisano!" So begannen ihre Geschäftsbriefe nach Salerno. „Caro Signore . . ." Zu vertraut. Am besten, sie ließ sich durch Claudio entschuldigen. Sie konnte ihm ja erklären, daß ihr

Trauerjahr noch nicht vorüber war, daß sie nicht in der Verfassung wäre . . ..

Schon um ein Uhr stand Claudio vor der Türe. „Haben Sie einen Brief für Papa? "

„Hör zu, Claudio, ich glaube . . ."

„Oh", machte er enttäuscht. „Sie wollen nicht in die Fenice gehen? Aber warum nicht? Es ist Premiere!"

„Ich habe nie daran gedacht, in Venedig auszugehen. Ich bin gar nicht vorbereitet."

„Aber das macht doch nichts. Ich würde sofort gehen, wenn Papa mich mitnähme."

„Ja, du! Aber eine Dame muß sich das besser überlegen. Ich habe nicht einmal ein Kleid fürs Theater. Noch dazu für eine Opernpremiere!"

„Da müssen Sie sich ohnehin eines kaufen! Darf ich mitgehen? Wir werden etwas Wunderschönes aussuchen! Bitte! Gehn wir gleich heute!"

Überwältigt schüttelt Poldi den Kopf. „Ich kann doch nicht ohne Überlegung ein Kleid kaufen, wie stellst du dir das vor? "

„Es sind noch zwei Tage, da können wir noch lange überlegen. Oder haben Sie kein Geld? "

„Doch, doch", murmelte sie und dachte an ihren Reisescheck, den sie für alle Eventualitäten reichlich bemessen hatte. Freilich hatte sie dabei an Krankheiten, Reisepannen und nicht an ein Abendkleid gedacht.

Claudio hüpfte von einem Fuß auf den anderen. „Dann können wir heute nachmittag in die Merceria gehen. Ich komme um vier Uhr."

„Das werden wir ja sehen", murmelte sie hinter ihm her, als er über die Stiege hinuntersprang. Unnatürlich, dieses Interesse an Kleidern – für einen Buben! Typisch italienisch. Aber das zeigte ihr, wie wichtig man hier solche Äußerlichkeiten nahm. In Rock und Bluse konnte sie unmöglich ins Theater gehen – wenn sie überhaupt ging. Plage, Ausgaben, die Wahrscheinlichkeit, in der ungewohnten Umgebung, in fremden Geschäften, etwas Unpassendes zu wählen. Ohne vernünftigen Grund. So weit konnte sie nicht aus ihrem Rahmen fallen.

Fünf Stunden später stand sie in einem eleganten kleinen Geschäft vor dem Spiegel und starrte verwirrt auf die schlanke, hochgewachsene Frau, die ihr daraus entgegenstrahlte. Das Kleid war ein Unding. Aus türkisblauer Seide, mit Straß bestickt, dekolletiert, knisternd und schwingend, erdrückte es sie zu unbehaglicher Befangenheit.

„Dies ist das Schönste!" begeisterte sich Claudio. Und die beiden dezenten Damen, die sich um sie bemühten, fanden, es habe die Farbe ihrer Augen. Dies schmeichle immer.

„Ich weiß nicht", sagte Poldi unsicher. „Ich möchte doch noch einmal das graue Modell anprobieren."

Claudio protestierte, doch Poldi fühlte, daß die beiden Damen ihr recht gaben. Das Kleid war ihr bei der ersten Probe sündhaft teuer und viel zu ausgefallen vorgekommen, aber nun, nach der lauten Pracht des Türkisblauen, fühlte sie sich darinnen wohl und fand es sehr elegant. Über ein enges Unterkleid aus rosa Seide fiel grauer Voile, zu einem sehr schlichten Kleid geschnitten. Das blusige Oberteil zierten Knöpfe aus grauem Diorkristall und ein steifer, handbreiter Kragen, der Poldis weißen Hals und den Ansatz ihrer zarten Schlüsselbeine freigab. Der Ausschnitt lief sehr spitz und sehr tief zu und schloß mit einer blassen Rose. Spitz wie die Kragenecken standen die Manschetten, die die weiten Ärmel abschlossen. Vom schmalen Gürtel fiel der Stoff in vielen weichen, feinen Falten nieder und spielte bei jedem Schritt verhohlen mit dem rosa Schimmer des Unterkleides.

„Es ist sehr raffiniert. Ein Modell, das nicht jede Frau tragen kann", sprach die ältere der beiden Damen gedämpft. „Sie haben die schmalen Hüften dafür."

Poldi sah das natürlich auch. Unwillkürlich reckte sie sich gerade und hob das Kinn. Und während sie in einer Art schuldbewußter Aufregung überlegte, wie sie ohne Ärgernis das Geschäft wieder verlassen und Claudio beruhigen könnte, hatte sie das Gefühl, daß die Frau im Spiegelrahmen nicht sie selber sein könnte. Die war einfach zu schön, ein Geschöpf zum Verwöhnen, geheimnisvoll, kostbar, unnütz. Ihre Augen und Wangen glühten, die Hände schienen schmal und nervös, die Schultern kokett.

„Der Ausschnitt ist mir auf jeden Fall zu tief."

„Wir dürfen keinen Stich ändern, so perfekt sitzt das Kleid. Wir könnten höchstens die Rose etwas höher stecken." Ja - so war es besser.

„Wir haben hier auch die passenden Schuhe. Vielleicht wollen Sie sie probieren? "

Feinstes, graues Leder, hohe Absätze. Und welche Form, wie weich, welche Vervollkommnung der Erscheinung!

Sie hatte noch nie ein so schönes Kleid besessen. Sie würde damit in der Fenice „La Traviata" sehen und in Musik schwelgen und mit einem Mann namens Mario Pisano durch die Gänge wandeln. Wenn das die Weinzierl wüßte! Die Firma Komarek würde kopfstehen.

Aber sie hatte das Geld dazu. Ehrlich verdient,

ehrlich gespart. Niemanden ging es etwas an, was sie im Urlaub machte.

„Gut, ich nehme es", sagte sie beherrscht.

„Sie tun gut daran, Signora. Es ist wie für Sie geschaffen. Wenn Sie es wünschen, werden wir den Saum um zwei Zentimeter verlängern."

Ja, das würde entschieden gut sein. Sie hätte es selber nicht gemerkt.

„Das Blaue gefällt mir besser", meinte Claudio.

Die junge Verkäuferin lachte. „Wer weiß, vielleicht holt sich deine Mamma auch noch das Blaue, wenn es dir so gut gefällt."

„Ich möchte mich Ihnen empfehlen, Signora", sprach die Ältere. „Es könnte doch sein, daß Sie die Trauer ablegen wollten. Es wird in Venedig schon warm. Wir haben eine neue Kollektion von Kostümen und Komplets, alle Accessoires."

Bin ich hübsch? Bin ich häßlich?

Keins von beiden. So durchschnittlich und langweilig, daß sich seit Jahren niemand mehr nach ihr umgedreht hatte. So ledern brav, daß nur die unauffälligste Aufmachung zu ihrem „persönlichen Stil" gehörte. „Deine Qualitäten liegen woanders, Kind", hatte die Mutter sie nach einer Enttäuschung getröstet.

Aber mit dieser Frisur, mit diesem Goldglanz auf den haselnußbraunen Haaren, mit diesem Hauch von blau auf den Lidern, der ihre Augen groß und strahlend machte wie helle Aquamarine, war sie eine Frau. Das junge Mädchen beim Friseur hatte sein Handwerk verstanden.

Sie saß und wartete und ihr Herz klopfte, als wäre sie zwanzig. Es war ihr, als tue sie etwas Verbotenes, als habe sie sich verkleidet wie Allerleirauh im Märchen, als sie im silbernen Kleide zum

Fest des Königs fuhr. „Hinter mir dunkel, vor mir klar, daß niemand sehe, wohin ich fahr."

Weiß Gott, niemand durfte davon erfahren. Aber es lockte sie, es hatte sie schon verlockt, einmal, ein einziges Mal herauszuschlüpfen aus der engen Hülle von Langeweile und Korrektheit, in der sie fast erstickt wäre.

Es läutete. Sie zuckte zusammen, stand aber dann ganz langsam auf, schüttelte leise die Falten ihres Kleides zurecht, und schritt gemessen durch den Korridor der Türe zu. Ihre Absätze klickten ganz zart auf den alten Marmorfließen.

Musik war immer eine der großen Freuden ihres Lebens gewesen. Oft war sie in der Staatsoper oder in einem Konzert gesessen und hatte sich selbstvergessen von der Flut der Töne forttragen lassen. Heute lauschte sie den Melodien Verdis mit weniger Vertiefung. Die Primadonna sang hinreißend, der Tenor war schön wie ein Gott. Das Orchester versprühte alle Lebenslust, alle Wonne und Traurigkeit der Liebe in jener Vermählung von Überschwang und Strenge, die ihr Verdis Musik so besonders nahe gebracht hatte. Doch heute konnte sie sich nicht vergessen.

Nicht eine Sekunde lang konnte sie vergessen, daß sie es war, die hier in der Mitte des festlichen Saales saß. Um sie kreiste die einzigartige, heitere Schönheit dieses Theaters, die zarte venezianische Malerei, die Logen und Galerien mit den Bildern längst verblühter Blumen schmückte; die Leute, die sich hier zu gemeinsamer Freude versammelt hatten und von denen doch jeder einzelne in seinem Putz vor die anderen hintrat, als wollte er sich einmal in seinem wahren Werte offenbaren. Sie plauderten, sie lauschten, sie lachten, sie waren schöner, bedeutender als sonst. Nein, sie bereute es nicht, daß sie sich dieses Kleid gekauft hatte, in dem sie eine würdige Zierde dieser Gesellschaft war. Mit einem unversehens erwachten Sinn spürte sie den Stolz, mit dem er sie zur Pause durch die Wandelgänge führte und die leise überraschten, fragenden Blicke einiger Bekannten auffing. Er machte sie mit Carlo und Maria bekannt, die er um ihretwillen am Sonntag hatte warten lassen. Vielleicht waren sie heute aus Neugierde hergekommen. Sie waren alle vier ungefähr gleichaltrig und verstanden sich vom ersten Augenblick an.

Carlo schlug vor, nach der Oper noch auf ein Glas Wein zu gehen, doch Maria sorgte sich um ihre Söhne und verabschiedete sich gleich.

Im Foyer trafen sie einen überaus eleganten hageren Herrn, den ihr Begleiter respektvoll grüßte. „Collonello Contini" murmelte er im Weitergehen. Poldi spürte dessen Blicke und die seiner blauhaarigen Signora im Rücken. Die Türschließer, die auf die letzten Gäste warteten, verbeugten sich vor ihnen und musterten sie mit eidechsenflinken Augen.

Sogar der Gondoliere, auf den sie am Kanal an der Rückseite des Opernhauses stießen, schien den Capitano zu kennen und glitt eifrig an die Marmorstufen heran. War Venedig ein großes Dorf? Oder war Mario Pisano eine so bekannte Persönlichkeit?

Sie wiegten sich ohne Eile durch die schmalen Kanäle, in denen sich düstere Lampen spiegelten, vorbei an dunklen, uralten Mauern, durchbrochen von hellen Marmorrahmen um geheimnisvolle Tore und Fenster; an finsteren Galerien und Mauerbögen, die an gefährliche Begegnungen mahnten; durch den nachtschwarzen Schatten der Brücken, auf denen einsame Gestalten warteten. Sie bogen in den Canale Grande ein, wo Lichtergirlanden ihren Weg begleiteten, und die schweigenden Paläste ihre hohen menschenleeren Vorhallen mit schwachem Laternenlicht erhellt hatten, als erwartete man Verwandtenbesuch zur Geisterstunde.

Der fröhliche Lärm in der Umgebung der Rialtobrücke zerbrach die traumhafte Stimmung und erinnerte Poldi daran, daß es Carneval war. Konfetti lag auf dem Pflaster, als sie hinter dem Fischmarkt aus der Gondel stiegen. Über eine kleine Holzbrücke betraten sie ein unscheinbares Lokal.

Doch welch elegante Gesellschaft traf sich da! Wie hübsch war der Schmuck aus Zwiebelzöpfen, getrockneten Pfefferoni, Fischnetzen und Muscheln! Wie einladend die Tafel mit den sonderbarsten und bestechendsten Leckerbissen! Sie fanden einen Tisch unter einer glimmenden Schiffslaterne und Poldi sank müde, hungrig und glücklich auf ihren Stuhl.

„Das ist eins der ältesten Ristoranti in Venedig, ‚Poste Veccie'. Es gibt da ausgezeichnete Fische und Muscheln." Pisano winkte, und ein Bursche rollte den Wagen mit seiner Last von pikanten Vorspeisen heran.

„Vielleicht ein wenig zu scharf und zu schwer für Sie", warnte er, als sie ziemlich ratlos auf etwas Schöngefärbtes deutete. „Darf ich für Sie auswählen? "

Sie war ihm dankbar und sie tat gut daran, ihm die Wahl zu überlassen. Und wieder war es wie früher in der Oper: Sie genoß den zarten Branzino, die flaumigen Profiterolles mit andächtigem Entzücken, aber es war nicht die Musik und jetzt nicht der Wohlgeschmack der Speisen, was sie in eine so innige Freude versetzte. Sie war zu einem Fest geladen, und sie, die es fast ängstlich vermieden hatte, die behagliche Eintönigkeit ihres Daseins durch anstrengende Ausschreitungen mit ungewissem Ausgang zu gefährden, genoß diesen Abend voller Hingebung.

Sie wußte nicht, daß ihre blauen Blicke, von Wein und Freude funkelnd, immer länger an seinem Gesicht hingen, und es sprach zu ihr von etwas Neuem, Wunderschönem. Ja, ihr gefiel dieser blaue Schatten auf seinen Wangen, dieser verschlossene, strenge Zug um seinen Mund, diese hohe, schon etwas kahle Stirn, die sie an altrömische Porträtbüsten erinnerte.

Sie plauderten immer unbefangener über die „Traviata" und andere unvergeßliche Opernabende, er lud sie dringend ein, im Sommer eine „Othello"-Aufführung im Hof des Dogenpalastes zu besuchen. Er erzählte von lustigen Skandalen in der Mailänder Scala und machte sich ein bißchen interessant, indem er auf seine tatsächlich ziemlich abenteuerlichen Jugendjahre als Anfänger im Dienste der Gerechtigkeit zu sprechen kam. Jetzt war er ja dem „Aug im Auge" mit dem Verbrechen schon etwas entrückt. Er sah die Gangster meistens erst, wenn sie ihm von den scharfen jungen Leuten vorgeführt wurden, und es geschah – leider – nur noch selten, daß ein Fall seinen eigenen aktiven Einsatz forderte.

Sie lauschte gebannt, und wußte ihrerseits von einem Einbruch in der Nachbarschaft zu berichten. Auch von einem diebischen Lieferwagenfahrer, den sie auf frischer Tat ertappt und mutig gestellt hatte. Am andern Tage war er nicht mehr zur Arbeit gekommen.

„Und Sie sind ihm nicht mehr begegnet – ich meine, auf unangenehme oder gar gefährliche

Weise?"

„Nie mehr. Ich hatte ihm versprochen zu schweigen, wenn er so etwas nicht mehr tun würde."

„Wahrscheinlich ein Anfänger", meinte er fast geringschätzig. Aber er war betroffen, fast gerührt von der unglaublichen Sauberkeit und Unschuld dieser Frau. Sie mochte mindestens vierzig sein. Die Haut um ihre Augen war trocken und zog bereits Fältchen. Auf der Stirn zeichneten sich zarte scharfe Linien. Aber das Kinn, der weiße schlanke Hals waren glatt und klar, der herbe Mund, die wirklich schönen Augen wirkten fast jungmädchenhaft in ihrem unbewußten Aufblühen.

Er lächelte in der Erinnerung daran, wie er in der gebückten schwarzgekleideten Gestalt eine dieser lästigen, unsauberen Katzennärrinnen zu stellen geglaubt hatte, und von ihrem hellen Gesicht, dem kühlen Blau ihrer Augen überrascht worden war. Claudio hatte ihm erklärt: „Eine fremde Signora. Ein bißchen verrückt, aber sonst ganz nett. Sie ist immer schwarz angezogen, vielleicht ist ihre Mutter gestorben." Kluger Claudio.

Inzwischen hatte sich seine Bekanntschaft mit der fremden Signora zu einer sehr vertrauten Freundschaft ausgewachsen.

Er lächelte und trank ihr zu. Sie aber war plötzlich ernst geworden. „Ein Anfänger . . ." Pippo. War er ein Anfänger? War es nicht schon ein raffinierter Schachzug gewesen, über Claudio zu einer Waffe zu kommen? Was plante er damit? Wurde sie mitschuldig an einem Verbrechen, das er damit beging? Mußte sie es dem Capitano erzählen? Mußte sie Claudio vorher fragen?

„Müde? " fragte er.

„Ein wenig."

Ihre Armbanduhr am dünnen Goldstreifen, dem einzigen Schmuck, den sie trug, zeigte zwei Uhr.

„Wünschen Sie zu gehen? "

Sie nickte. Sie war wirklich müde und fühlte sich auf einmal niedergeschlagen. Sie dachte an Claudio, der daheim in seinem Kämmerlein schlief, allein, wie schon so oft. Ein dunkles Vorgefühl löschte die leichtsinnige Freude dieses Abends aus.

Er half ihr aus der Gondel und begleitete sie bis zu ihrer Haustüre. Befangen sagte sie: „Es war ein wunderschöner Abend für mich. Ich werde lange daran denken. Ich danke Ihnen."

„Sie haben ihn mir geschenkt", antwortete er. Mit einem ruhigen warmen Griff umfaßte er ihr Handgelenk und hob es an seine Brust. „Leopoldina . . ."

Nach einem viel zu langen Augenblick, in dem sie zögerte wie vor einem Erdbeben, das alle Mauern um sie niederstürzen ließe, nahm er die Schlüssel leise aus ihren Fingern und schloß das Tor auf. „Gute Nacht, Signora."

Wer war nur dieser Page in langen weißen Strumpfhosen und leuchtend rotem, goldbetreßtem Wams, mit runder Florentinermütze, Degen und kecker Feder? Ach, diese dicken schwarzen Locken, dieser noch nicht ganz ausgewachsene Eckzahn waren nicht zu verkennen, trotz Maske und Fistelstimme!

Sie hastete mit gespielter Ungeduld und Ängstlichkeit an ihm vorüber, mitten in eine Schar kleiner Goldoni-Figurinen hinein. Drei Mütter, offensichtlich entzückt über die Anmut ihrer Kinder, kamen hinter ihnen drein und stießen kleine lachende Schreie aus, während die Kinder mit ihren leichten Pritschen auf Poldi losschlugen und weiterstoben.

Kinderfasching!

Der Page versperrte ihr den Weg und zog den Degen. Sie schrie auf, als fürchte sie um ihr Leben. „Du bist gefangen!" kreischte er. „Du mußt mit mir in den Turm!"

„Ach bitte, laß mich nur noch für eine halbe Stunde nach Hause gehen! Ich muß für Claudio noch eine Torte backen."

„Nein, nein! Claudio braucht keine Torte. Er ist viel zu garstig!" Das Lachen schüttelte ihn.

„Claudio ist brav. Er sitzt in der Schule, während du dich hier herumtreibst und arme Frauen erstechen willst!"

„Ich bin Branca Leone!" drohte er, aber während sie die Hände rang, schob er schnell die Maske in die Höhe und warf sich lachend an ihre Brust. „Du hast mich nicht erkannt!" triumphierte er. „Du bist ein Angsthase. Aber jetzt bist du wirklich gefangen! Du mußt mit mir zum Markusplatz gehen."

Er sah schließlich ein, daß sie ihre Einkaufstasche nach Hause bringen mußte. Er stürmte damit die Stiege hinauf und fragte sie dringend, ob sie nicht auch eine Maske habe oder einen Domino. Sie besaß nichts dergleichen.

So zog sie aus, um den Carneval in Venedig zu erleben. Seine sündhafte Romantik, die verschwenderische Wollust, die gefährliche Anonymität waren in zweihundert Jahren heruntergewelkt zu einem Puppenspiel. Nach einigen Wegbiegungen war Poldi froh, ziemlich unauffällig auszusehen. Keine stolzen verführerischen Masken zeigten sich in den engen Gassen. Sonntäglich und bürgerlich gekleidete Erwachsene, darunter viele Väter, führten voll nachsichtiger, etwas verlegener Eitelkeit ihre Kinder dem Markusplatze zu. Die Kleinen schritten in kostbaren Kostümen gravitätisch an ihrer Hand dahin, erfüllt vom Bewußtsein ihrer Schönheit und Wichtigkeit. Dazwischen rannten die Größeren mit ihren Pritschen durcheinander und schüchterten die Kleinen ein.

Auf dem Markusplatz wirbelten schon hunderte von Kindern dahin und schrien und lachten und rissen die Schüchternen mit in das lustige Treiben. Musik schmetterte, Sonne blitzte auf Flittergold und Straß, und die Tauben hockten ratlos auf allen Gesimsen und Dächern und stoben beim Bersten der Knallfrösche empört über das Gewimmel hin.

Poldi fand eine besonnte Stufe am Sockel des Campanile, von der aus sie das einmalige Bild überblicken konnte. Entzückt betrachtete sie die kleinen Rokokodamen in ihren pastellfarbenen Krinolinen, die Negerlein in schwarzem Trikot und Strohröckchen, die Königinnen und Ritter, Räuber und Piraten, die Harlekine und Colombinen, die Fischer und Kapitäne, die Elfen aller schönen Blumen, die Bären und Löwen, Esel und Drachen, Russen und Türken, Zigeunerinnen und große Damen, Cenerentola und eine Miß World mit der Schärpe ums Bäuchlein.

Das war ein Leben! Im wirbelnden Konfetti der Farben war es Poldi fast unmöglich, Claudio zu entdecken. Er hatte sich bald im Trubel verloren. Von Zeit zu Zeit kam er herangesprungen und warf ihr eine Handvoll Konfetti ins Gesicht. Manchmal wies ein lauteres Auflachen ihren Blick zur Stelle, wo seine langen, dünnen weißen Beine einen Kopfstand anzeigten. Er mußte dann sofort ins Bad gesteckt werden! Ob alle Kinder, mit denen er da lange Reihen zog und sich herumbalgte, gesund waren?

Jedenfalls waren sie reizend. Es war eine Lust, sie zu betrachten. Mit welcher Anmut und Ungeniertheit sie sich bewegten! Wie schon die Kleinsten es verstanden, ihr Kostüm komödiantisch auszuspielen! Diese unschuldige Koketterie, diese unwiderstehliche Frechheit! War sie jemals so frei, so sicher, so unbekümmert gewesen, wie diese italienischen Kinder?

Sie war mit ihrer Mutter „Masken schauen" gegangen. Im kalten Wienerwind waren sie in der Gegend um den Stephansdom herumgestanden, und sie hatte glühend gewünscht, ein Holländer Häubchen und eine Larve tragen zu dürfen, und ein bißchen die Passanten zu necken. Aber sie war damals schon gescheit genug gewesen, zu verstehen, daß die Mutter gerade eine sorgenvolle Zeit durchlitt.

Ob die Eltern all dieser geputzten Kinder nicht auch ihre Sorgen hatten? Vielleicht war ihnen einfach die Freude wichtiger als das Stück Fleisch am Tisch oder die gute Laune des Hausherrn, der am nächsten Ersten nur die halbe Miete bekam? Vielleicht hatten sie recht?

Aber natürlich hatte auch sie ihre Freude gehabt! Stille Freuden ohne äußeren Glanz, Stunden voll heimlichen Schimmers. Ein innerliches Glück, zu dem ein Hauch von Wehmut gehörte. Sie hatten es doch schön gehabt, ihre Mutter und sie. Die junge Kriegerswitwe mit ihrem so gut erzogenen Kind. Rührend nett und bescheiden, zurückgezogen und anständig. Glatte Zöpfe, während die anderen längst ihren Bubikopf vorantrugen. Schöne Zeugnisse. Das rosa Band als Zeichen äußerster Bravheit in der Klosterschule. Mit sechzehn Jahren die Handelsschule absolviert, als kürzeste Berufsausbildung. Ganz fern, uneingestanden, ein Traum: Singen. „Vilja, oh Vilja ... Lippen schweigen, flüstern Geigen ...” Das Herz schmolz vor Sehnsucht und Entsagungsschmerz bei diesen Klängen. Heute noch glaubte sie, daß sie keine schlechte Sängerin geworden wäre.

Aber die Wirklichkeit sah anders aus. Aushilfsposten dort und da, dazwischen Kriegsverpflichtung, schließlich die Firma Komarek als sicherer Hafen.

Manchmal ein Kurmacher. Das warm aufflammende Gefühl, daß Dieser oder Jener ihr etwas bedeuten könnte. Aber es war doch nie das Richtige gewesen. Die Mutter hatte schärfer gesehen. Und wenn man ihnen zehn Jahre später begegnete, mußte man sagen, sie habe recht gehabt.

Nur einmal – o Gott, wenn Mutter das damals erfahren hätte! Ein junger Musiker, arm wie sie und ziemlich überspannt und unglücklich. Er spielte in einem Kinoorchester und nachts in einer Bar. Sie war neben der Mutter in den vorderen Reihen gesessen und hatte von den Filmen nichts gesehen – nur ihn, nur ihn im Halbdunkel mit der Geige, nur ihn, hungrig und schäbig, wie sie damals alle waren, aber wie eine Verkörperung all ihrer Träume. Sie hatten sich in kleinen Cafes getroffen, waren auf Parkbänken gelehnt und in dunklen Alleen frierend auf und ab gegangen. „Komm zu mir, komm einfach! Deine Mutter wird schon zurechtkommen. Ich bekomm bestimmt das Engagement bei der Happy Wild Band.”

Weiß Gott, sie war nahe daran gewesen, ihm nachzugeben. Aber gerade damals hatte die Mutter ihre ersten Gallenanfälle bekommen. Der Kriegsopferverband hatte ihr eine Kur in Preblau ermöglicht. Sie war mitgegangen. Die Mutter hätte die Reise allein nicht überstanden. Und exaltiert, wie er war, hatte er in einer schrecklichen Szene mit ihr gebrochen. Heute spielt er bei einer berühmten deutschen Band. Sie war nicht einmal hingegangen, als sie in Wien ein Gastspiel gegeben hatten.

Sie war bei der Mutter geblieben.

Jetzt war sie allein, mit jedem kommenden Jahr noch mehr allein.

Ihre Mutter hatte nicht recht getan, sie hatte sie ums eigene Leben bestohlen. Aus Selbstsucht?

Das durfte sie nicht denken. Das war Verrat und Blasphemie. Es war doch alles Liebe gewesen. Liebe und die Erfahrung eines enttäuschten und gedemütigten Herzens.

Aber es hätte doch vielleicht auch noch andere Liebe geben können. Sie hätte nicht Mutters „arme kleine Poldi" bleiben müssen.

„Leopoldina ..."

Ihr wienerischer Name, trocken und resch wie ein keckes Wäschermädl, barg er eine solche Melodie, eine solche Zärtlichkeit?

„Leopoldina ..."

Was wäre geschehen, wenn sie den Kopf nur ein wenig ihm zugeneigt hätte?

„Komm, gehn wir noch zum Rialto!" Claudio stand vor ihr. Seine Strümpfe waren nicht mehr weiß, die Feder hatte er verloren. Die Musikbande hatte sich aufgelöst.

„Willst du nicht etwas essen? Gehn wir zu Alemagna?"

„Später. Ich möchte noch ein bißchen herumlaufen."

Sie stieg vom Sockel, steif und benommen von Kühle und Nachdenklichkeit. Die Kinder verliefen sich. Die meisten kehrten an der Hand ihrer Eltern aufgelöst und schwatzend nach Hause zurück. Einige schrien gellend und mußten mit Zuckerzeug vom Schauplatz weggelockt werden. Viele rannten der Merceria, dem Rialto zu, wo es vielleicht noch weitere Späße gab.

Ziemlich hastig trieb Poldi mit einem Kinderschwarm dahin. Claudio befehligte eine Bande und raubte die hübschesten kleinen Mädchen aus anderen Gruppen. Sie hatten nichts dagegen und marschierten lärmend mit. Bald formierte sich ein Zug, der einem regellosen Haufen voranzog.

Beim Standbild Goldonis geschah es. Eine dicke Frau im weißen Mantel stürzte aus ihrer Delikatessenhandlung und schrie: „Aufhalten! Aufhalten!"

Ein Schatten floh vor ihr her mitten in den Kinderschwarm hinein. Er schlug um sich, boxte nieder, was ihm in den Weg kam. Die Frau umkreiste die zusammengescheuchte Schar, immer noch schreiend und drohend: „Zehntausend Lire! Polizia! Polizia!" Er schlug einen Haken und sprang direkt auf Poldi zu.

„Pippo!" schrie sie und warf sich ihm entgegen. Er bäumte sich auf, wandte sich noch einmal und flüchtete mit einigen bewunderungswürdigen Sätzen ins Warenhaus „Standa".

Sie rannte ihm nach. „Pippo! Halt! Pippo!"

Das Warenhaus war belebt – alle drehten sich nach ihr um, anstatt nach dem Burschen, der sich eilig, aber beherrscht in die Menge mischte. Als sie ihn entdeckt hatte, verschwand er eben im Lift.

„Man muß ihn festnehmen!" keuchte sie, als ein unauffälliger Herr mißtrauisch an sie herantrat. Leute scharten sich um sie. Die Geschäftsfrau kam atemlos daher und sprudelte ihren Bericht hervor: „Ja, vom Zahlteller weg – zehntausend Lire! Unter meinen Augen . . ."

Der Herr ging ruhig zum Telefon, und im nächsten Augenblick schrillten in allen Stockwerken die Klingeln. Kurz darauf traten zwei Carabinieri ein.

Der Anblick ihrer Uniform erschreckte Poldi, als hätte sie selber ein Verbrechen begangen. Wie ein Blitz durchfuhr sie die Erkenntnis, daß nun alles ans Licht kommen würde. Was hatte sie angestellt mit ihrem Geschrei . . .

„Die Personsbeschreibung, Signora? "

„Gut mittelgroß, sehr mager. Fahlbraune, glatte Haare – ja, lang und strähnig. Fünfzehn, sechzehn vielleicht. Schlechte Zähne . . . Was er anhatte? Das weiß ich nicht. Etwas Kariertes – ja, großkariert . . ."

„Woher kennen Sie ihn, Signora? "

„Ich habe ihn auf der Straße öfters gesehen, mit anderen Halbwüchsigen und Kindern", antwortete sie gefaßt. „Er fiel mir auf, weil er mit den anderen herumkommandierte. Sie riefen ihn Pippo. Seinen anderen Namen weiß ich nicht. Aber ich möchte jetzt auf die Suche gehen. Ich kenne ihn doch."

„Ich bitte darum, Signora", sagte der Carabiniere und klappte sein Buch zu. Sein Kamerad war längst über die Treppe verschwunden. Ein Dutzend Herren in Zivil waren plötzlich als Hausdetektive ans Licht gekommen und verstreuten sich in den Abteilungen. Die fast unheimliche Stille begann sich wieder zu beleben. Frauen wurden mit ihren Einkaufstaschen hinausgeleitet, neue Kunden bekamen Einlaß.

Poldi lief ziemlich wirr durch das Haus. Sie spähte um Batterien von Mänteln, Faschingskostümen, Kleidern. Rannte treppauf, treppab, stieß an Pyramiden von Dosen und Schachteln und lehnte sich schließlich erschöpft an einen Spiegelpfeiler.

„Sie haben ihn nicht entdeckt?" Der Ufficiale, der sie vorher befragt hatte, trat an sie heran.

„Nein, nirgends."

„Auch wir nicht. Wir werden Sie bitten, ihre Angaben zu unterschreiben und uns ihre Adresse zu lassen. Es könnte sein, daß wir Sie brauchen."

Sie tat nach seinem Wunsch. Dann murmelte sie: „Es tut mir leid – wegen zehntausend Lire wäre dieser Auflauf nicht nötig gewesen."

„Vielleicht nicht. Aber man kann nie wissen."

Er salutierte und gesellte sich zu seinem Kameraden. Umgeben vom angeregt plaudernden Team der Ladendetektive fuhren sie die Rolltreppe hinunter.

Beklommen schaute sie ihnen nach. – „Man kann nie wissen." Was taten sie jetzt? Meldeten sie den Vorfall samt ihrer Aussage und Adresse dem Capitano? Nun, das war noch nicht das Schlimmste.

Doch wenn sie Pippo verhafteten und sein Innerstes zu äußerst kehrten? War ihre Personsbeschreibung so aufschlußreich, daß sie ihn daraufhin eruieren konnten?

Eine Verkäuferin brachte ihr ein Täßchen Kaffee und fragte sie, ob sie nicht oben in der Bar eine kleine Stärkung zu sich nehmen wolle. Poldi dankte, war aber froh um das Stühlchen, das die Verkäuferin für sie an eine aufgeklappte Fensterscheibe schob.

Sie mußte Claudio suchen. Da unten in der engen Straße sah sie ihn nirgends. Wahrscheinlich war er nach Hause gegangen. Auch sie mußte da verschwinden. Ihr Atem ging schon ruhiger.

Doch plötzlich schnappte sie wieder nach Luft. Da unten schob sich Pippo aus einem finsteren Haustor. Hemdärmelig, mit einem verbeulten Fez aus Lackpapier. Die Hände in den Hosentaschen, schlurfte er ohne Eile um die nächste Ecke.

Erbleichend legte Poldi die Fingerspitzen auf ihren Mund.

Die Katzen saßen verärgert vor ihrer Haustür. Es war acht. Der gelbe Kater sprang von Simonettas Stühlchen auf Poldi zu und richtete drohend das Wort an sie. „Recht hast du", seufzte sie. „Ich habe euch hungern lassen."

Eine halbe Schachtel Felix, schnell im Lädchen nebenan gekauft und aufs Pflaster geschüttet, war nicht viel mehr als eine versöhnliche Geste. Immerhin, die armen Tierchen hatten sich erholt. Und wie dankbar und anhänglich sie waren!

Claudio hockte auf der untersten Treppe. Er war verweint. Auf seinem rechten Wangenknochen wuchs eine blutige Beule. Poldi mußte sich neben ihm setzen. „Ist dir was geschehen?" hauchte sie zitternd.

„Nein, nur ein Stein. Ich habe ihn gesehen, wie er herausgekommen ist."

„Wo herausgekommen?"

„Beim Eingang. Wo du hineingelaufen bist."

Da hatte sie das ganze Warenhaus in Aufruhr versetzt und alle waren in die oberen Stockwerke gelaufen. Und derweilen war er ruhig beim Haupteingang herausspaziert. „Und du?" fragte sie beklommen und legte einen Arm um seine Schultern.

„Ich bin ihm nach. Er hat mich erkannt, glaube ich."

„Oh Gott! Und er hat dir den Stein zugeworfen?"

Er nickte und legte den Kopf auf die verschränkten Arme. Er war gefallen. Als er wieder hochkam, von Schmerz geblendet, war Pippo verschwunden. Auf dem ganzen Heimweg hatte er geweint wie ein kleines Kind.

Er sah schrecklich aus. Und wie vergnügt und tatendurstig war er losgezogen. Stumm saßen sie nebeneinander im düsteren Stiegenhaus.

Simonetta kam von draußen hereingeschlichen. „Ich wollte gerade zu Ihnen gehen, Signora. Ich möchte Sie um etwas bitten."

„Ja?"

Sie warf einen vielsagenden Blick auf Claudio, aber der rückte nur noch dichter an Poldi heran und machte keine Miene, aufzustehen.

„Kommen Sie", sagte Poldi. „Gehen wir hinauf zu mir!"

Droben schickte sie Claudio ins Bad, gab ihm eines ihrer sportlichen Nachthemden und befahl ihm, sich hernach aufs Sofa zu legen und sich gut zuzudecken.

Simonetta wartete auf sie in der Küche. „Signora, ich wollte Sie bitten – um ein gutes Wort beim Capitano."

„In welcher Sache?"

„Wegen Donnerstag. Er hat sich bestimmt gedacht, ich wäre wieder – ich hätte – und Sie, Signora, Sie . . . Aber Sie haben ein gutes Herz, das wissen wir alle!"

„Ich verstehe nicht. Was war am Donnerstag?"

„Sie saßen mit dem Capitano drei Tische von uns. Er hat mich bestimmt gesehen. Aber ich schwöre Ihnen, Signora, es war ein purer Zufall, daß ich dort war. Ich weiß, ich sollte nicht so spät Veilchen verkaufen. Aber Signore Baldassare ist doch ein alter Bekannter. Er hat mich auf ein Glas Wein eingeladen, auf eine Portion Capretto."

„Ich kann mich nicht erinnern. Und was soll ich dabei tun?"

„Oh Signora, wenn Sie ihn bitten, wird er mich nicht wieder vorladen lassen. Früher einmal, da stand ich in Verdacht – Sie verstehen, Signora. Wir sind arm, die Nonna hat nur ihre kleine Unterstützung, Tiburzio wächst und ist hungrig. Wenn ich ein größeres Trinkgeld bekam, hab ich's nicht zurückgewiesen. Aber die Leute sind böse. Sie haben mich angezeigt. Sie haben auf der Gasse hinter mir hergespottet und wollten uns aus der Wohnung beißen. Sehen Sie, der Capitano hat den ärgsten Bestien ins Gesicht gesagt, daß er keinen Anlaß gefunden habe, mich in eine Besserungsanstalt zu geben. Die Nonna wäre eine ehrliche Frau. Aber ich habe ihm versprechen müssen, bei der Heiligen Jungfrau, daß ich – daß ich auf mich achten müsse. Sonst müsse er anders mit mir verfahren. Und nun hat er mich am Donnerstag in der Poste veccie gesehen, mit dem Signor Baldassare – er könnte mein Großvater sein, er kennt mich von der Nonna her, er hat eine schöne Salumeria, wissen Sie. Oh Signora, verachten Sie mich nicht und sprechen Sie mit dem Capitano!"

Sprachlos stand Poldi diesem Bekenntnis gegenüber.

„Ich bitte Sie - was täte die Nonna, wenn ich in

eine Anstalt müßte, was macht Tiburzio, wenn er seine Stelle wieder verliert." Sie sagte das, als wäre es der normale Lauf der Dinge.

Die Welt drehte sich und zeigte immer neue Konstellationen wie die ineinanderkreisenden Karussells und Schaukelräder im Prater. Da stand die blutjunge Simonetta, das bläßlich weiße, kleine Gesicht von echter Angst verzerrt, in ihren Kirchenstaat gekleidet für den Bittgang bei der strengen Signora, und log natürlich, wenn sie von harmlosen Begegnungen und den bösen verleumderischen Nachbarn faselte. Aber die Angst vor dem Capitano, die Sorge um ihre Nonna, die Scham und die Not, die waren echt.

Und anstatt kühl zu sagen: „Da kann ich mich leider nicht hineinmischen. Das hätten Sie früher überlegen sollen. Mit solchen Angelegenheiten will ich nichts zu tun haben", wies sie auf die Kohlenkiste: „Setzen Sie sich Simonetta. Ich kann es ja versuchen, aber ich glaube nicht, daß ich beim Capitano was erreiche."

„Sie bestimmt, Signora! Auch die Nonna sagte: ‚Da hilft nichts, du mußt zur Signora hinaufgehen, bevor du eine Vorladung bekommst. Die Signora vermag viel bei ihm!" '

Die Welt drehte sich. Vielleicht stand sie nicht mehr lange. Sie, Leopoldine Rexeisen, sollte die Fürsprecherin machen für dieses verdorbene junge Ding, das wohl mit und ohne Besserungsanstalt kaum mehr von seiner schiefen Bahn abzubringen war. Aber sie konnte nur Mitleid haben mit diesem kümmerlichen Geschöpf. Wahrscheinlich hatte seit Tiburzios Geburt immer der Bruder, der zukünftige Mann und Herr der Schöpfung, die besten Bissen aus ihrer Schüssel geschnappt. Und jetzt, da sie erwachsen waren, lief sie des Nachts herum und verkaufte Veilchen, damit der faule Lümmel seine Stelle verlieren konnte, wie es ihm paßte.

„Ich werde es versuchen, ja. Aber, Simonetta, Sie müssen Ihr Versprechen halten. Bedenken Sie, wie peinlich für mich, wenn ich mich für Sie einsetze, und Sie geben neuen Anlaß zur Klage!"

„Ich werde nicht undankbar sein, Signora! Gewiß nicht! Wenn nur Tiburzio eine gute Arbeit bekäme! Wenn ich nur gesund bleibe! Vielleicht kann ich im Sommer Andenken verkaufen. Padre Eusebio kennt eine fromme alte Frau, die hat einen Kiosk. Aber die Leute werden ihr alles Schlechte von mir erzählen."

„Der Padre bestimmt nicht und der Capitano auch nicht. Ich auch nicht, Simonetta."

Poldi verstand sich selber nicht mehr. Sie sah das Mädchen in Tränen ausbrechen und weinte mit, sie wußte nicht warum. Es war wie Schneeschmelze, wie Eis unterm Föhn. Unaufhaltsam.

Claudio erschien in ihrem Nachthemd in der Tür. „Ich habe vergessen: Papa fragt, ob du schon in Torcello warst. Er möchte es dir gerne am Donnerstag zeigen."

„Oh Signora!" flüsterte Simonetta beschwörend.

„Warum weint ihr denn? Ist etwas passiert?"

„Nein, nein, Claudio. Wir sind nur ein bißchen traurig gewesen."

Er seufzte abgrundtief.

„Schnell ins Bett mit dir!" befahl sie barsch. Sein verwunderter Blick gab ihr einen Stich. Aber es wäre doch zu lächerlich gewesen, wenn sie alle drei heulend beisammen gestanden wären wie bestrafte Kinder.

Weite Lagune. Das kleine Motorboot tuckerte durch eine Unendlichkeit aus Silber und Stille. Weit hinter ihnen lag Venedig unter dem Ball einer sich in ihrem eigenen Glanz verschleiernden Sonne.

Vor ihnen dehnte sich Wasser, Land und Himmel ohne Horizont. Alles gleißte ineinander, schier ohne Farbe und Gestalt. Graue Schlickflächen, von fahlem schütterem Schilf überweht. Öde flache Inselchen mit schiefen Hütten. Eine ferne Linie kreidig hingezeichneter Dächer, ein Turm, der aus dem Wasser zu steigen schien. Vielleicht war er morgen schon versunken.

Ein Land der Geister. Zwischenreich der verbannten, irrenden Seelen.

Schweigsam saß Poldi neben ihm, der gleichfalls in Gedanken versunken über dem Lenkrad träumte. Manchmal deutete er in die Ferne: „Burano". „San Francesco del Deserto". Oder er brummte vor sich hin, wenn eine verwachsene Stange sich allzu hinfällig vorüberneigte, oder das Rot einer Boje von Schlamm und Rost verdunkelt war. Diese einsamen Wegweiser verstärkten nur noch den Eindruck des weltfernen Verlorenseins.

„Wir sind bald dort. Sehen Sie!" Überraschend nahe zeigte sich nach einer Wendung die Vision einer Insel, wie durch ein Wunder aus den Tiefen der Vergangenheit emporgestiegen. Torcello. Einige wenige alte Häuser, in zeitloser Schlichtheit hingebaut, lagerten sich um zwei ehrwürdige Basiliken, deren uralte verwitterte Mauern das Sonnenlicht zurückgaben, als strahlte es gedämpft aus ihnen selber. Ein schmaler Wasserlauf führte das Boot in das Herz des Eilands vor die Tore des Weltenkaisers.

Denn dies sagte die mystische Hoheit dieser Bauwerke aus, die hier, verlassen von geschäftigeren, oberflächlicheren Generationen, ihre ursprüngliche Feierlichkeit und Größe sich hatten bewahren dürfen. Sie stiegen an Land und setzten den Fuß in eine andere Zeit. Hier waren sie viele Jahrhunderte zurück, in einer Vorzeit voll Blut und Grauen, da noch das Chaos brannte und wogte über dieser Erde, die man später das Abendland nennen sollte. Aber diese Kirche war schon gestanden, unerschütterlich und unantastbar in ihrer lastenden Majestät. Die Wohnung dessen, „Der da ist", inmitten der Greuel der Vergängnis.

Erschüttert stand Poldi auf dem Rasen des Vorplatzes und legte unwillkürlich die Hand in Pisanos Arm. Auch er war ergriffen, nicht so sehr über den Anblick des Domes, der ihm längst vertraut war, als über ihre kindliche Erlebnisfähigkeit. Erst nach einer Weile begann er zu erzählen, zu erklären. Er führte sie in das Innere der Basilika und harrte geduldig aus, als sie mit andächtig aufgeschlagenen Augen die Madonna im Goldmeer der Apsis anstaunte. Die Apostel in der hellen Strenge ihrer Mosaikgewänder. Die Kanzel, von der noch die Verkündigung ewiger Gesetze, der Streit um frühe Irrlehren und kirchenväterliche Erleuchtungen zu hallen schien. Der Fußboden, in dem das Heranbeben des Meeres seine Wellen fortgesetzt hatte. Das Licht aus den von Salz und Sand rötlich getönten Fenstern. Dies alles hob Poldis gläubige Seele in höhere Gefilde. Es war für sie eine große Stunde.

Während die Sonne langsam in eine Dunstwand niedersank, die sich Minuten später in wildeste Pracht verwandelte, schritten sie durch Höfe und Kapellen, standen an vergitterten Brunnentiefen und saßen endlich auf den Stufen der Vorhalle.

„Es ist wunderbar", sagte sie leise. „Ich danke

Ihnen, daß Sie mich hergeführt haben."

„Sie wissen nicht, wie sehr ich dies wünschte. – Haben Sie nach Wien geschrieben, wegen einer Urlaubsverlängerung?"

„Ja, aber ich habe es mir wieder überlegt. Ich reise Ende nächster Woche."

Er stand auf und machte ein paar Schritte gegen den Bootssteg zu. Es tat ihr leid, daß sie jetzt fahren sollten, bevor der Abend sein schönstes Feuerwerk über dieser zauberhaften Insel ausgeschüttet hatte. Aber sie stand auf und folgte ihm.

Er kam ihr entgegen. „Gehen Sie nicht fort, Leopoldina. Ich möchte, daß Sie meine Frau werden."

Sie starrte ihn an.

„Ja. Ich bitte Sie darum. Claudio hängt so sehr an Ihnen. Aber es ist nicht nur deshalb. Ich selber – möchte Sie nie wieder verlieren."

„Ich weiß nicht . . ." flüsterte sie.

Dann aber wurde es dunkel, dunkel im Gehäuse seiner Arme, hinter ihren geschlossenen Lidern.

„Ich weiß wirklich nicht", sagte sie fast schluchzend, aber sie hob die Arme und legte sie um seinen Nacken.

Ein letzter Streifen Glut brannte zwischen dunklen Schwaden, als das Boot brav und gehorsam durch den Kanal von Torcello in die offene Lagune hinaussteuerte. Das Wasser war nun glänzend wie schwarzer Lack, mit rötlichen Spiegeln und einer silbrigen Mondbahn. Hier und dort baumelte eine Laterne an einem Pflock. Über Venedig stieg sanftes Licht, über Marghera rauchiges Glosen.

Sie saß an ihn gelehnt, in seinem Arm. Sie war glücklich, wie man es nur im Traume sein kann. War sie es denn, die durch diese schimmernde Nacht fuhr? Sie schaute zu ihm auf und er begegnete ihrem Blick mit zufriedenem Lächeln. „Wir könnten zu Ostern heiraten, Leopoldina? Wir brauchen doch niemanden zu fragen."

„Unmöglich. Ich habe vierteljährliche Kündigung im Vertrag."

„Das läßt sich einrichten. Ich komme nach Wien und spreche mit Herrn Komarek."

Es überlief sie heiß und kalt, wenn sie an eine solche Möglichkeit dachte. Aber es war ein süßer Schauder.

„Du weißt nicht, was für ein armer Hund ich war – ich auch, nicht nur Claudio. Aber ich fand einfach nicht, was ich suchte. Bis ich dich sah – mit deinen Himmelsaugen. Und das Schönste an dir, diese Klarheit und Aufrichtigkeit. Du bist durchsichtig wie feines Glas, Liebste."

Das Boot irrte stotternd und spuckend über die weite Wasserfläche, bis er es wieder fest in die Hand nahm. Poldi blickte zu den Sternen auf und dachte: „Ein Wunder ist geschehen. Du, Mutter?"

Da saß sie nun mit ihren vierundvierzig Jahren und hatte in einigen Wochen alles nachgeholt, um das sie sich betrogen glaubte. Mann und Kind, Leben und Liebe, alles war ihr in den Schoß gefallen. Wenn das kein Wunder war!

„Morgen nachmittag komme ich mit Claudio zu dir. Dann sagen wir ihm, daß du bei uns bleiben willst."

„Gut", lächelte sie. „Ich erwarte euch. – Und Simonetta? Auch sie wartet."

Er half ihr aus dem Boot. „Ich werde sie mir ernsthaft vornehmen. Ich möchte sie ja selbst nicht zu den Gestrauchelten einreihen. Das bleibt hängen."

„Ich danke dir, Mario. Ich danke – danke – danke dir!"

„Auf morgen also, Tesoro!"

„Auf morgen!"

Die drei jungen Gangster, die in angemessenem Abstand vor dem Tisch des Capitano Pisano standen, leugneten übereinstimmend, etwas mit dem Überfall auf die Tankstelle zu tun zu haben. Es war aber nur eine Frage der Zeit, sie zur Aufrichtigkeit zu bewegen. Denn es war sicher, daß der eine das beteiligte Auto gestohlen, der andere es gefahren und abgestellt, und daß der dritte den Eingang mit der Pistole kontrolliert hatte, während zwei andere, die man noch nicht gefaßt hatte, drinnen ihre Arbeit taten.

„Abführen!" Sie trollten sich mit gespielter Lässigkeit.

Pisano warf einen Blick auf die Gegenstände, die man aus den Taschen der Banditen geholt und ihm vorgelegt hatte. Mist, der von weitem nach ausgenützten, dümmlichen Taugenichtsen stank, wie sie in jeder Bande mitliefen. Ein paar zerknitterte Fahrscheine, die vielleicht etwas aussagen konnten. Schmierige Geldtaschen, eine einzige etwas besser gespickt. Gefährliche Klappmesser, ungeschliffen und verwahrlost. Zurechtgebogene Drahtstücke. Die Attrappe einer Armbanduhr. Und die Pistole. Eine P 38. Ziemlich selten in Italien. Er hatte auch eine daheim. Eine Kriegserinnerung. Er betrachtete sie genauer.

Wohl einige Minuten lang stand er vor seinem Schreibtisch und schaute auf die Waffe nieder.

„Maresciallo! Holen Sie mir noch einmal den Giuseppe Lotta."

Er wurde hereingeführt. Mit unbewegtem Gesicht betrachtete der Capitano dieses lächerlich herausstaffierte Stück Mensch. Ganz falsche Verwegenheit und Hohn, konnte Pippo doch das Zucken seiner Lider nicht beherrschen.

„Woher haben Sie diese Waffe? "

„Ein Geschenk."

„Von wem? "

Pippo wand sich und schaute von der Tür zum Kalender und weiter zum kleinen Lederrahmen, der abseits von den Papieren auf dem Schreibtisch lag. Er grinste frech. „Wollen Sie es denn unbedingt wissen? "

„Von wem? "

„Von einem gewissen Claudio Pisano."

Die Augen des Capitano sprangen ihn förmlich an. „Wofür? "

„Nun er hat sich ja um meine Freundschaft gerissen. Er möchte durchaus bei allem mitmachen. Aber das konnten wir noch nicht erlauben. Da hat er mir wenigstens die Pistole geschenkt."

„Gehörte sie ihm? "

„Was weiß ich? Kann mir ja egal sein."

„Woher hatte er die Waffe? "

„Schon gesagt. – Vielleicht von seiner Tante. Was geht's mich an? "

„Von welcher Tante? "

„So eine große magere Blonde. War ziemlich hinter mir her. Hat mich angesprochen und so. Eine deutsche Dreißigerin, nun ja . . ." Er lachte und rückte seine Krawatte zurecht.

Der Capitano schluckte. Mit einer Handbewegung gab er den Befehl, Guiseppe Lotta abzuführen.

Eine Wolke von Mimosen leuchtete im Salon. Claudios Lieblingsgebäck, eine Flasche Wein und etwas Obst warteten auf der Anrichte. Poldi trug ihr Kleid von gestern, den Faltenrock aus blauweißgrünem schottischem Stoff und den neuen weißen Pullover. Dies und die blaue Flauschjacke hatte sie bei den beiden Damen gekauft – für den Ausflug nach Torcello. Damals hatte sie nicht gedacht, daß es ihr Glückskleid, ihr Verlobungskleid werden sollte!

Unruhig ging sie in der Wohnung hin und her, rückte dort und hier noch etwas zurecht, zog die Vorhänge hübscher, nahm das Bild ihrer Mutter in die Hand und bekam feuchte Augen.

Seit vier Uhr wartete sie nun. Aber es war schon ein Viertel nach fünf, als sie endlich Schritte auf der Stiege hörte. Stumm vor Bewegung öffnete sie die Tür und ging den beiden in den Salon voran. „Claudio!" grüßte sie.

Doch da fror das zitternde Lächeln auf ihren Lippen. Das Gesicht, das er zu ihr hob, war bleich und verweint. Die häßliche blaue Beule blutete frisch. Blanke Verzweiflung starrte aus seinen Augen.

Verwirrt wandte sie sich seinem Vater zu. Was sie sah, war so bestürzend, daß sie einen Schritt zurückwich. Statt der Zärtlichkeit und Freude, die sie erwartet hatte, begegnete ihr finstere Kälte. „Was ist . . .? "

„Heut früh wurde Guiseppe Lotta verhaftet. Pippo."

Sie begriff. Erbleichend trat sie neben Claudio und legte den Arm um ihn. Pisano stand ihnen gegenüber und betrachtete sie wie ein Bild, das Schmerz und Abscheu in ihm wachrief.

„Ich weiß natürlich nicht, welches Wort an der ganzen Geschichte wahr ist", brachte er endlich gepreßt hervor. „Lotta lügt und Claudio lügt. Aber so viel ist klar, daß Sie mitgespielt haben, mich zu bestehlen und zu betrügen, und Pippo die Waffe auszuliefern. Ich kann mir nicht denken, daß Sie nicht begriffen haben, welche Gefahr eine solche Pistole in der Hand eines Asozialen bedeutet?"

„Claudio hat bestimmt erzählt, wie es dazu gekommen ist. Er lügt nicht."

„Er hat wochenlang gelogen – und Sie mit ihm."

Sie senkte den Kopf und fand kein Wort der Verteidigung. Sie spürte, daß Claudio nun auf sie seine Hoffnung setzte, aber der Ausdruck von Schmerz und Enttäuschung in den Augen des Capitano ergriff sie so stark, daß sie sogar ihre eigene Katastrophe nicht erfaßte. Sie hörte ihn sprechen, und es war ihr, als rinne mit seinen Worten alles Leben aus ihr fort, und lasse sie zurück wie eine taube Nuß.

„Ich bin Ihnen eine Erklärung schuldig, die Sie ja wohl verstehen werden. Ich bin ein Mann, der jeden Tag mit Falschheit und Schlechtigkeit zu tun hat, und da – da ist man natürlich sehr – beeindruckt, wenn man einer Frau begegnet, die alles das ist, an das man nicht mehr glauben konnte. – Ich will Sie nicht beleidigen, – man kann niemanden überfordern – und ich war vielleicht zu schnell bereit, das zu sehen, was ich wünschte. Aber ich möchte meiner Frau vertrauen dürfen, und ich könnte es nicht ertragen, in meiner eigenen Familie einen Zustand versteckter Entzweiung zu haben – dort Sie und Claudio – hier ich mit meinen verbohrten Ehrbegriffen."

Sie spürte, wie Claudio unruhig wurde und aufgeregt nach ihrer Hand griff, doch stärker noch empfand sie, daß Mario wartete. Worauf? Daß sie sich ihm nach Art einer Südländerin zu Füßen warf, oder ihn mit Tränen und Küssen zu versöhnen suchte? Ach – Vertrauen stirbt nur einmal.

„Ich verstehe", sagte sie fast unhörbar.

„Dann also –" er seufzte – „leben Sie wohl."

Er faßte nach Claudios Hand. Der aber brach plötzlich in wilde Verzweiflung aus. Er klammerte sich an Poldi und schluchzte herzzerreißend und bettelte immer wieder: „Geh nicht fort, bleib bei uns – ich will nicht, daß du fortgehst! Du sollst meine Mamma sein!"

Sein Vater ließ seine Hand los und ging allein auf die Stiege hinaus. Sanft löste sich Poldi aus der Umklammerung des Kindes und kniete vor ihm nieder. „Sei jetzt ruhig, Claudio! Geh zu deinem Vater! Sei lieb zu ihm – sei lieb zu ihm! Schau, ich schreibe dir meine Adresse auf. Wenn du willst, kannst du mir einen Brief schicken. Du kannst auch einmal nach Wien kommen. Das wird fein, Claudio – wir beide in Wien! Aber jetzt geh . . ."

Dann war sie allein.

Die Weinzierl hatte wirklich einiges an herausfordernder Rosigkeit und an Ringellöckchen eingebüßt, aber das kam weniger von der Überbelastung durch Fräulein Poldis Abwesenheit als von der Verdichtung der Gerüchte, nach denen der flotte erste Vertreter bei Otto Granigl's Wwe. in Wels einheiraten werde. Fräulein Poldi hatte für ihn nicht viel übrig. Sie hatte seine Diätenabrechnungen manchmal verdächtig gefunden. Aber mit der Weinzierl saß sie einen langen Abend hindurch unter der Bürolampe und arbeitete sich mit ihr sozusagen unter vier Augen durch den geschäftlichen Niederschlag eines Herzenskummers. Fräulein Weinzierl war darüber so gerührt, daß sie abschließend auch auf diesen zu sprechen kam. Siebeneinhalb Jahre, man denke, hatte sie nur für ihn gelebt, hatte seine Hemden gewaschen und sein Sonntagsessen gekocht, hatte ihn mit seinen teuren Lieblingszigaretten versorgt und mehr als einmal seine Schulden bezahlt. Und jetzt? Abgebeutelt wie ein nasser Schuh.

„Schrecklich", sagte Poldi mit echtem Mitgefühl. „Aber vergessen Sie das alles! Brüten Sie ja nicht auf der Vergangenheit herum! Er ist es gar nicht wert und Sie versäumen derweil etwas viel Besseres."

„Was soll ich denn noch versäumen? Ich werde dreißig."

„Mein Gott, wie jung Sie sind! Heute werden Frauen mit vierzig, fünfundvierzig noch geheiratet. Wo Sie doch so gut aussehen!"

Die Weinzierl trocknete ihre Tränen. „Nett, daß Sie mir das sagen. – Wissen Sie, ich habe eine ganz falsche Meinung von Ihnen gehabt. Eigentlich sind Sie gar nicht so. – Und gut erholt haben Sie sich in Italien. Direkt verjüngt. Macht das die neue Frisur? "

„Vielleicht", sagte Poldi still.

Und still kehrte sie in ihre einsame Wohnung heim und trank ihren Tee und schlug die Zeitung auf. Sie scheute sich das Radio aufzudrehen, denn sie fürchtete den Schmerz, der sie heimsuchen würde, wenn sie an italienische Musik geriet. Da war es noch besser, so weiter zu vegetieren wie eine taube Nuß.

Seit damals war sie noch nicht ganz zu sich

selbst gekommen. Es war nur alles so schwer geworden, ihr eigener schwungloser Tageslauf, den sie mechanisch abrollen ließ, und das Leben der anderen, das sie auf einmal verstand. Die Weinzierl und ihr Liebeskummer, der Laufbursche mit seinem Verkehrsdelikt, über das er nicht hinwegkam. Der Chef mit seiner süchtigen Tochter. Sie konnte nicht mehr sagen: „Diese blöde Gans, sie hätte sich das ausrechnen können." Oder: „Das kommt vom Alkohol." Oder: „Eltern müssen sich eben beizeiten kümmern."

Es gab Verstrickungen, Krankheiten der Seele, unheilbare Wunden. Und es gab Liebe. Ohne Liebe verstand man nichts.

Sie ging ins Geschäft und tat ihre Pflicht wie früher, vielleicht nicht ganz so genau, nicht ganz so übereifrig. War sie früher in ihrem blitzsauberen Kittel, mit der Witterung eines erfahrenen Jagdhundes, tüchtig und eilfertig hinter jeder versteckten Unordnung hergewesen, wirkte sie jetzt ruhig und sehr damenhaft. Sie hatte die Trauer abgelegt und trug schlichte, einfarbige Woll- und Leinenkleider, in denen sie sich nur durch die Firmenbrosche mit dem großen „K" in Keramik von den besten Kundinnen unterschied.

Irgendwo im hintersten Winkel ihres Bewußtseins lag der Grund hiefür, aber sie hätte sich empört dagegen verwahrt, wenn ihr jemand erklärt hatte, sie tue dies immer noch im Gedanken an Mario Pisano. War auch alles vorüber, so war es doch gewesen, und sie war nicht mehr jene, die sie früher war.

Zwischen der Post, die ihr auf den Schreibtisch gelegt wurde, lag eines Tages ein Brief mit dem Aufdruck „Istituto Stella Maris, Padova."

Sie wußte sofort, von wem er war. Sie ging mit ihm hinüber ins Magazin und setzte sich dort auf eine Kiste.

„Liebe Leopoldina!

Am letzten Samstag mußte ich an Papa schreiben. Heute schreibe ich Dir. Ich bin nicht gerne da. Es sind sehr viele Buben. Papa wird mich zu Ostern besuchen. Wann kommst Du?

Padre Agostino sagt, wenn ich nicht fleißig bin, muß ich die Klasse wiederholen. Papa weiß das noch nicht. Bitte schreibe mir! Sergio Gruber sagt, ein Brief braucht zwei Tage.

Auf Wiedersehen, Leopoldina!

Dein Claudio."

Dieser Unmensch! Dieser herzlose Despot! Gibt sein Kind weg, in ein kaltes, strenges Internat. Wie mochte er Claudio verhört und bestraft haben! Welche Szenen hatte es wohl gegeben, bis das arme Kind gebrochen war? Sie hätte damals reden müssen, verteidigen, kämpfen wie eine Löwin!

In jenem schrecklichen Augenblick war sie dazu nicht fähig gewesen. Mario – wie er vor ihr gestanden war – mit diesen Augen, die alles verrieten, seiner lächerlichen Carabinieri-Zucht, hinter der er sich verstecken wollte, sie hätte sich an seine Brust werfen müssen, ihm sagen: „Ich hab's doch nur aus Liebe verschwiegen, aus Liebe zu deinem Kind, das so verlassen war! Ich hab es ihm versprochen, bevor ich dich kannte. Ich konnte es nicht enttäuschen."

War es Stolz, Betäubung, Verletztheit gewesen? Oder einfach dieser Pessimismus, daß ein solches Glück ihr nicht bestimmt sein konnte, daß also nur gekommen war, was sie ohnehin erwartet hatte?

Sie ging zwischen den Kisten und Schachteln

auf und nieder und achtete nicht auf die zwei Packerinnen, die neugierig nach ihr und dem Brief in ihrer Hand herüberspähten. Auf einmal war die trügerische Ruhe, die Decke aus Distanz und Selbsterhaltungswillen weggewischt. Sie sah Mario in seiner verlassenen Wohnung über seiner Enttäuschung grübeln, sah Claudio voll Heimweh und Nichtverstehen sich immer weiter von seinem Vater entfernen, der ihn doch so abgöttisch liebte. Ach, sie verstand, daß dem Capitano nichts anderes übrig geblieben war, als Claudio in ein Internat zu geben. Aber das Kind sah dies wohl nur als Strafe an. Alles ging falsch. Und sie saß da in Wien, hilflos und unglücklich. Und sie liebte die beiden, sie liebte sie so sehr, daß sie sich heute gerne gedemütigt hätte, um alles gutzumachen. Aber es war zu spät. Claudio hing noch an ihr. Aber der Capitano . . . So wie er beschaffen war, machte er einfach: „Kracks!" – und die Liebe fiel aus seiner Hand wie ein zerknickter Span. Daß sie an einen solchen Menschen hatte geraten müssen!

Ein Lehrmädchen kam herein: „Bitte, Fräulein Poldi, Sie werden gesucht. Aber – ist Ihnen nicht gut? Eine schlechte Nachricht?"

Poldi nickte und griff nach ihrem Taschentuch. „Ich komme gleich, Erika. Und reden Sie nicht darüber, gelt?"

Die nächsten Wochen waren sehr schwer. Sie fand nicht Trost noch Vergessen. Sie wanderte zum Grab ihrer Mutter und entsetzte sich vor der Zerstreutheit und Bitterkeit, mit der sie vor dem Kreuze stand. Sie arbeitete im Geschäft, aber es lenkte sie nur oberflächlich ab. Selbst ihre Wohnung bekam nach und nach ein kühleres Gesicht, weil sie nicht daran dachte, Blumen mitzubringen, und mehr als die gewohnte Sauberkeit und Ordnung zu schaffen. Der Spaziergang in den Anlagen freute sie nicht, denn die spielenden Kinder erinnerten sie an Claudio. Doch der abendliche Weg in die Kirche wurde ihr zur Gewohnheit. Wenn sie dort in eine Bank kniete, war es ihr, als finde sie Rast nach einem langen, schnellen Lauf. Es wurde still in ihr. Sie konnte nach Hause gehen und schlafen.

Die Rosen blühten verschwenderisch um das Standbild der Kaiserin Elisabeth. In der Firma mußten die ersten Urlauber vertreten werden. Sie selber blieb natürlich. Sie hatte ihren Urlaub bereits gehabt.

Es war nun ruhiger im Geschäft. Die Fremdenverkehrsbetriebe hatten ihren Bedarf für dieses Jahr gedeckt. Die Hausfrauen kauften nicht ein, bevor sie mit den Familien in die Ferien gingen. Hauptsächlich die Fremden interessierten sich für Tiroler Glas, Wiener Porzellan, ländliche Keramik.

Im Juli hatte es eine Hitze, daß man selbst die Mittagsstunden am liebsten in einem kühlen Winkel des Geschäfts verbrachte und sich einen Eiskaffee mit Waffeln holen ließ. Sie saßen zu dritt oder zu viert um Poldis Schreibtisch. Das hatte sich so eingebürgert. Die Weinzierl, das Lehrmädchen, der Fahrer, der alte Buchhalter und dieser und jener, wie es sich gerade schickte. Man fand, daß sich um diese Stunde so manche Unebenheit im Ablauf der Arbeit in einem Gespräch mit Fräulein Poldi ausgleichen ließ, und daß sie nicht unzugänglich war, wenn man ein besonderes Anliegen hatte. Dem Buchhalter war sogar in letzter Zeit, leider zu spät, ein Stammbuchvers aus der Biedermeierzeit wieder in den Sinn gekommen:

„Junge Mädchen sind die Trauben,
Junge Frauen sind der Wein.
Alte Frauen sind die Trester,
Aber alte Mädchen, Bester,
Mögen wohl Rosinen sein.
Und es sind die klugen Knaben,
Welche gerne Rosinen haben."

Aber wie gesagt, es war zu spät. Er spürte es.

„Halb drei", stellte Erika fest, und erhob sich, um die Portale aufzusperren. Alle standen auf und räumten ihre Papierservietten und Plastikbecher fort. „Gehn wirs halt an!"

Das Lehrmädchen kam zurück. „Vor dem Tor hat schon einer gewartet. Ein Ausländer. Soviel ich verstanden habe, will er Frau Rexeisen sprechen. Vielleicht eine Beschwerde."

Poldi trat hinaus in das helle kühle Gefunkel des Ladenraumes, und da stand Mario Pisano.

Unglücklich. Sie sah es sofort.

„Verzeihen Sie mir, Signora, daß ich hierher komme. Ist Claudio bei Ihnen? "

„Nein. Nein. Wieso? "

Sie starrten sich mit entsetzten Augen an. „Was ist mit Claudio? "

Erschöpft stellte er seinen Flugkoffer auf den Boden. „Ich hoffte so sehr . . . Vorgestern war Schulschluß. Er ist in Padova weggefahren, aber in Venedig nicht angekommen."

Im Hintergrund des Ladenraumes standen die Kollegen und sahen zum erstenmal, wie Fräulein Poldi schwach wurde. Es war nicht ihre Stimme, die diesen erstickten Angstschrei ausstieß, hoch und zitternd, als ginge es ihr ans Leben. Wie blind tastete sie nach einem Hocker, der für die Kundinnen bereitgestellt war, sprang aber gleich wieder auf und schrie dem fremden Herrn ein paar wütende italienische Worte ins Gesicht.

Dann stürzte sie auf Fräulein Weinzierl los: „Sie müssen mich heute vertreten. Sagen Sie dem Chef, wenn er kommt, ich habe zu tun – es ist wichtig. Wenn ich morgen nicht da bin – ich gebe Nachricht."

„Natürlich, Fräulein Poldi, wenn es – so wichtig ist."

„Danke – Danke ... Andiamo!" befahl Poldi dann entschlossen und trat mit dem Capitano ins Freie.

„Kennen Sie sich da aus? " fragte die Weinzierl.

Die nächste Wachstube. Polizeidirektion. Viel zu langes, teilnehmendes Palaver mit dem italienischen Kameraden. Bundesbahndirektion.

Funkhaus. Südbahnhof.

Zum x-ten Male hörten sie: „Es hat keinen Sinn, gnädige Frau, wenn Sie hier herumsitzen. Wir werden alle unser Möglichstes tun. Lassen Sie uns Ihre Telefonnummer und wir verständigen Sie sofort, sobald wir nur das Geringste erfahren."

Das Taxi hielt endlich vor ihrer Haustür. Müde stiegen sie in das zweite Stockwerk des alten Hauses hinauf. Ihre beiden Zimmer waren kühl und schattig. „Da ist das Bad, hier ein bequemer Stuhl. Erholen Sie sich! Ich bringe Ihnen etwas zu trinken!"

Sie warf sich drinnen auf ihr Bett. Nun konnte sie nichts mehr tun. Furchtbar. Die Geschäftigkeit der Nachmittagsstunden, die Beteuerungen der Fachleute, daß so etwas eine alltägliche Angelegenheit wäre, hatten ihnen wohlgetan. Jetzt krochen die Ängste wieder hervor. Unfälle, Entführung, Mord.

Sie mußte etwas tun! Haltung, Mut, Poldi! Er ist noch ärmer. Sein einziges Kind. Selbstvorwürfe.

Neu angetrieben streifte sie ein kühles Kleid über und ging in die Küche. Es gab Kognac und Cinzano im Kühlschrank, ein Steak und allerlei Salate. „Trinken Sie, Capitano! Sie müssen etwas nehmen! Sie haben gewiß seit Ihrem Flug . . .”

Das Telefon schrillte. „Wir wollten Ihnen nur sagen, daß wir auch den ARBÖ und den Touring-Club verständigt haben. Da wissen auch die Tankstellen bald Bescheid.

„Danke.”

Sie drehte das Radio an und ging in die Küche, um das Steak zu braten. Bald darauf hörte sie: „Achtung! Achtung! Eine Suchmeldung: Claudio Pisano aus Venedig, zehn Jahre alt, dunkle Augen, dunkles, gelocktes Haar, kleine rötliche Narbe auf der rechten Wange, vermutlich unterwegs per Bahn oder Autostop zwischen Venedig und Wien . . .”

„Sie tun wirklich alles”, sprach sie so fest sie konnte. „Bestimmt wird auch schon in Italien nach ihm gesucht.”

„Ich habe Drohbriefe bekommen – nach der Verurteilung von Pippo und seiner Bande. Es geschieht so viel Grauenhaftes.”

Es durchrann sie eisig. „Aber doch nicht in der vollbesetzten Eisenbahn! Claudio ist doch über seine Jahre klug und selbständig. Der ginge mit keinem Fremden.”

Er zuckte die Achseln. Sie konnte es nicht mehr ansehen, wie sein Gesicht von Stunde zu Stunde verfiel. Sie löschte die große Lampe und ließ nur eine Tischleuchte brennen.

Die Uhr zirpte die Viertelstunden zu schnell – zu langsam. Aus dem Radio tönte es wieder „Achtung! Achtung! Eine Suchmeldung!". Stumm saßen sie im Halbdunkel nebeneinander und warteten.

Um zehn Uhr schrillte wieder das Telefon. Er riß es ans Ohr, bleich vor Hoffnung und Angst. „Wirklich – oh Gott – Danke. Danke. Danke."

„Er ist in Villach", murmelte er dann und begann zu weinen. „Sie haben ihn dort aus dem Zug geholt."

Villach. Gnädige Falle der jungen Ausreißer, der Romantiker und Verirrten.

„Gottseidank!" betete sie inbrünstig. Leise trat sie zu ihm und strich ihm über den Kopf. „Jetzt ist alles gut. Jetzt kann ihm nichts mehr geschehen."

„Der dumme Bub! Dieser arme dumme Bub!"

Ja – aber am liebsten hätte sie zu ihm dasselbe gesagt, hätte sein verhärmtes Gesicht an ihre Brust gedrückt und eingestimmt in sein erlösendes, hartes Schluchzen.

„Sie haben einen Zug nach Villach, so gegen Mitternacht. Wenn Sie sich ein bißchen beeilen, erreichen Sie ihn noch. Dann sind Sie am frühen Morgen bei Claudio und können ihn auslösen."

Er hatte nichts zu packen. Wollte er nicht jetzt noch einen Bissen essen? Eine Tasse Kaffee zum kaltgewordenen Steak?

„Nein, Leopoldina", sagte er. „Wir wollen uns doch nicht etwas vorspielen wie Kinder. Ich habe Sie beleidigt, und habe es bereut. Die Nonna und Simonetta – sie haben es mich spüren lassen, wie unverzeihlich ich mich benommen habe. Gegen Sie, Claudio und mich selber. Sie erzählten mir, wie gut Sie zu Claudio waren, und zu allen. Was für ein Mensch Sie sind. – Ich habe mich danach gesehnt, Sie wiederzusehen und Ihnen zu sagen, daß ich Sie liebe . . Aber dann erinnerte ich mich, wie Sie nicht den leisesten Versuch machten, mich zu halten. Sie hätten mir ja alles erklären können, wie ich es später erfuhr – die Nonna ist ja unglaublich informiert. Und bei den Verhandlungen erfuhr ich den Rest. Sie hätten ..."

„Was hätte ich? Wie hätte ich ... Sie hatten sich Ihr Urteil gebildet. Sie verstanden einfach nicht ..."

„Oh doch! Wie Sie dort standen, den Arm um Claudio gelegt, ganz nur auf seiner Seite. Ich verstehe sehr gut, daß Sie ihn lieben, wie nur eine Mutter ihr Kind lieben kann. Sie taten sehr viel für ihn. Sie hätten es sogar auf sich genommen, meine Frau zu werden, obwohl Sie meinen Charakter mißbilligten und kein Vertrauen zu mir aufbringen konnten. Aber Sie hätten das Opfer gebracht ..."

„Oh, Sie – Sie hochmütiger, dummer, herzloser Narr!" fuhr sie ihn an, und ihre Augen flammten ihn so unverhüllt und zornig an, daß ihr blaues Feuer ihn entzückte. „Wie genau Sie alles wissen! Ah, wie genau!"

„Leopoldina ..." begann er, aber sie war schon am Telefon und wählte die Taxinummer.

Das Licht der Straßenlampen wischte über ihre Gesichter auf und nieder, während sie gegen den Südbahnhof fuhren. Sie taten, als wäre nun alles klar zwischen ihnen, und es wäre nichts geblieben als eine freundliche, abgeklärte Beziehung, an die man mit angenehmer Wärme zurückdenken konnte. „Hübsch, nicht wahr?" sagte Poldi, als sie am Schwarzenbergplatz das bunte Lichterspiel im Springbrunnen sah.

„Sehr hübsch. – Ich glaube, ich habe Ihnen noch nicht gesagt, daß ich seit Juni Maggiore bin."

„Ich gratuliere. Sie haben die Beförderung redlich verdient."

„Und teuer bezahlt."

Weiß Gott. Man konnte wohl nicht zugleich ein mehr als pflichtgetreuer Capitano der Carabinieri, ein verständnisvoller Vater und eine zärtliche Mutter sein. Bald war er Colonello. Und Claudio?

Sie unterdrückte einen Seufzer.

„Vielleicht macht es Ihnen Vergnügen, wenn ich Ihnen sage, daß es Ihren Katzen gut geht. Die Nonna füttert sie. (Wer gab ihr das Geld dazu?) Auch die beiden alten Lehrerinnen habe ich schon dort gesehen."

Poldi wurde weich. „Sie werden Junge haben", sagte sie hastig.

„Einige, ja."

Das Taxi hielt. Der Zug stand schon bereit. „Ich steige gleich ein", sagte er an der Sperre. „Dann bekomme ich einen guten Platz. Ich glaube, ich werde schlafen."

„Sie müssen schrecklich müde sein."

„Sie auch, Leopoldina. Oh Gott, wie froh bin ich! Wie froh!"

„Grüßen Sie Claudio! Sagen Sie ihm – sagen Sie ihm . . ."

Nichts. Jetzt fing das Vergessen an.

Sie sah ihn die Treppe hinuntersteigen und drüben den Zug entlanggehen. Morgen Abend waren sie in Venedig.

Sie müßte sehr glücklich darüber sein. Gott verzeihe ihr, sie war nicht glücklich.

Pünktlich wie alle Tage erschien Fräulein Poldi im Geschäft. Die Kollegen warfen sich verstohlene Blicke zu. Diese Korrektheit gefiel ihnen nicht. Sie wußten nicht recht, warum.

„Wenn Sie wollen, ich spring schon ein paar Tage für Sie ein. Sie schauen gar nicht gut aus", bemerkte die Weinzierl.

„Es geht schon, liebe Gerti. Wegen einem bisserl Kopfweh mag ich mich nicht krank melden."

Ach ja, Kopfweh und Kopfweh ist ein Unterschied. Wenn's vom Herzen kommt, helfen Tabletten auch nicht. Gerti wußte es aus Erfahrung.

Die Kunden rückten an, die Post mußte erledigt, Bestellungen abgefertigt werden. Die Erika, dieser Fratz, hatte das echte und das falsche Meißner durcheinander gebracht.

Statt des mittäglichen Eiskaffees ein kleiner Spaziergang. Jetzt fuhr wohl der Zug von Villach ab nach Venedig. Sie versuchte sich Claudio vorzustellen. Fröhlich, mit dem Ausdruck: Alles wieder in Ordnung! Aber sie sah ihn verweint und bedrückt seinem Vater nachschleichen, der auch nicht heiterer dreinschaute.

Der Nachmittag schlich bei flauem Geschäftsgang dahin als wollte er kein Ende nehmen. Die Hitze brütete hinter den Glaswänden. Kein Lufthauch aus den Weiten der Puszta oder von den Alpen her rührte sich über Wien. Erst gegen Abend, als Erika schon die Markisen über den Schaufenstern zurückschob, ließ sie die Tür weit offen.

Wie ein blonder Engel, so erinnerte sich Poldi später, trat sie mit ihrem Stab aus dem goldenen Licht des Spätnachmittags herein und verkündete: „Schaun Sie, da kommt der Herr von gestern wieder."

Und Poldi sah ihn die stille Seitengasse heraufkommen. Er war nicht allein. Neben ihm ging Claudio, ein langer blasser, aufgeregter Claudio. Er trug einen großen Strauß aus roten Blumen vor sich her.

Da sie näher kamen, sah sie, daß es lauter Rosen waren.

Die wichtigsten Werke von Dolores Vieser

DAS SINGERLEIN
Roman, 18. Jahrhundert

DER GURNITZER
Roman aus der Türkenzeit

HEMMA VON GURK
Roman einer Heiligen

AELIA, DIE FRAU DES NORIKERS
Roman, 3. Jahrhundert

AN DER EISENWURZEN
Erzählungen

LICHT IM FENSTER
Erzählung aus dem ländlichen Biedermeier

DIE TRAUERMESSE
Roman, Jahrhundertwende

KLEINER BRUDER
Jugendroman

NACHTQUARTIER
Roman, Franzosenzeit

Dolores Vieser (1904-2002)

Alles, was sie sagte, war eine gleichnishafte Ballade über das Leben schlechthin, besaß Gültigkeit nicht nur für sie, sondern für alle Menschen, denen Disziplin dem Wesen gemäß ist und die irgendwann begreifen, dass man manchmal auch ausbrechen und gegen Zwänge revoltieren soll. Denn immer nur Haltung bewahren, das geht an die Substanz. Es hilft, aber es macht nicht immer glücklich... Mit dem Alter kommt die Einsamkeit. Und beides kann schrecklich sein.
Aber es kommt auch die Gnade, die innere Welt jetzt erst ganz zu entdecken.

(Humbert FINK über das Werk von Dolores Vieser, 1985)

Querverlag